― 書き下ろし長編官能小説 ―

つゆだくマンション

九坂久太郎

竹書房ラブロマン文庫

目次

この作品は、竹書房ラブロマン文庫のために
書き下ろされたものです。

第一章　淫らな穴埋めバイト

1

薄暗いアパートの廊下《ろうか》に――女が立っていた。

大学から帰ってきた広末幸一《ひろすえこういち》は、その女を見た途端《とたん》、授業で疲れた頭がシャキッと覚醒するのを覚える。それくらい、その女は美しかった。

整った瓜実顔《うりざねがお》。切れ長のキリッとした瞳。すっと長い鼻。

大人の女だ。年齢は三十を過ぎたばかりという感じ。長い髪を後ろで団子状にまとめていて、露《あら》わになったうなじが実に艶《なま》めかしかった。

女は上品な黒いスーツをまとい、背筋をピンと伸ばして立っている。まるでファッション雑誌の写真から抜け出してきたかのようで、ボロアパートの廊下にたたずんでいるのがなんとも不釣り合いだった。

幸一の部屋の隣、そのドアの前に女は立っていて、こちらに顔を向けてくる。

にこりと笑って、彼女が言った。「ここ、西村高泰《にしむらたかやす》くんの部屋よね？」

「……は、はい」

西村高泰とは、幸一と同じ大学に通う学生で、高校生の頃からの友人でもある。

幸一は女に尋《たず》ね返した。「あの、高泰くんとはどういうご関係ですか……？」

女は首を傾《かし》げ、少しの間、なにやら考え込んでから答える。

「私、西村くんにアルバイトをお願いしていたのだけど」

高泰のアルバイト——その話を幸一は知っていた。

「めちゃ美味《おい》しいバイトが見つかったんだ」と、高泰自身の口から聞いたのだ。

高泰には金が必要だった。

彼は並外れた女好きで、幸一と同じくまだ十九歳だというのに、イケメンであることをフル活用し、大勢の女と付き合っていた。大学の中でも外でも、女と見れば手を出し、さらにはセックスフレンドまでいたらしい。

そんな高泰が、今から二週間ほど前にセックスフレンドの一人とドライブし、サービスエリアでカーセックスをしてきた。まだ運転免許しか持っていない高泰は、彼女の車を少しだけ運転させてもらったそうだ。

そのとき、ハンドルを誤って峠道《とうげみち》のガードレールに衝突してしまった。

幸い、二人とも大した怪我はなかったが、しかし車もガードレールも大きく破損してしまったという。

高泰はなんの保険にも入っていなかったので、女を拝み倒して、彼女の運転で事故を起こしたことにしてもらった。新しいガードレールへの交換・設置費用は、彼女が入っていた保険で支払ってもらえたそうだ。

が、車の修理費は保険の対象外だった。国産とはいえ高級車だったこともあり、その修理には三百万円もかかったという。

もし、その車が女の持ち物だったら、高泰は上手《うま》く言いくるめて、一円も払わずにすませたかもしれない。

しかし、車は女の父親のものだった。さらにセックスフレンドの関係までバレてしまい、女の父親は激怒。すぐに三百万円を払えと要求してきた。

その父親は歯科医師でありながら空手の有段者で、三段の腕前だという。高泰が言うには、「ゴリラが服を着ていた」そうだ。

すっかり気圧《けお》された高泰は、早急に大金を稼げる仕事を探した。すると、かつて付き合った女の一人が、わりのいい仕事があると紹介してくれたという。

それが〝めちゃ美味しいバイト〟だった。

なんでも、お金持ちの奥さんとセックスするだけで一日五万円もらえるのだとか。

その話を聞いた幸一は、怪しいとしか思えなかった。

高泰とは高校生のときからの付き合いで、少なくとも幸一は親友だと思っている。おとなしい性格の幸一が、同じクラスの男子にからかわれそうになると、いつも高泰が守ってくれた。だから彼が危険な目に遭《あ》うのを見過ごすことはできない。

「絶対にやめた方がいいよ。漫画だと、デスゲームとかやらされるやつだよ」

幸一がそう忠告すると——翌日、高泰はいなくなってしまった。

幸一の部屋の郵便入れには、一枚のメモが残されていた。怪しいバイトは諦めるが、それ以外に三百万円を工面する術《すべ》もなく、みっともないので親に頼ることもできない。どうしようもないから夜逃げをする——と書かれていた。高泰は、昔からわりと後先考えずに行動するタイプだった。

(じゃあ……この女の人が、その怪しいバイトの雇い主ということか。危ない仕事をしているようには見えないけど、人は見かけじゃわからないからな)

さすがにデスゲームはないだろうが、なんらかの犯罪行為に高泰を巻き込もうとしているのかもしれない。幸一は慎重に女の様子をうかがう。

女は言った。「西村くんには、明日から住み込みで働いてもらう予定だったのよ。なのに、急に連絡が取れなくなってしまって……あなた、西村くんと同じくらいの年かしら？　彼とは友達だった？」

「え、ええ、まあ……」

「西村くんと連絡は取れるかしら？」

「それが……高泰くん、スマホの電源をずっと切っているみたいで」

「じゃあ、西村くんの行き先に心当たりはない？　よかったら話を聞かせてほしいのだけれど」

女が目の前まで来る。近くで見ると、ますます美人だ。しっとりと濡れたような黒髪。瞳を飾る長いまつげ。女はじっと幸一を見つめてくる。

昔から同じ年頃の女子にはあまり興味が持てず、大人の女性にばかりときめいていた幸一である。胸の鼓動は高まり、掌《てのひら》は汗ばんだ。

「はぁ……じゃ、じゃあ、どうぞ」

親友を売るつもりはないが、つい自分の部屋に招き入れてしまう。幸一は地方出身者で、都内の大学に通うため、このアパートに住んでいるのだった。

ワンルームの六畳間は、一人のときはそれほど気にならなかったが、二人になるとさすがに狭く感じた。否応《いやおう》なく女との距離が近くなり、さらにドキドキする。

敷きっぱなしだった寝床を大急ぎでたたんで隅《すみ》に押しやり、女に座布団を勧めた。

二人分の麦茶を用意し、小さなちゃぶ台を挟んで、向かい合って座る。

女が名乗った。「私、桐本玲美《きりもとれいみ》といいます」

「あ、ど、どうも、広末幸一です」

玲美は麦茶を軽く飲んで、それから早速、高泰のことを尋ねてきた。

「西村くんを最後に見たのはいつかしら？　彼、なにか言っていなかった？」

「最後に見たのは一昨日だったと思います。特になにも言っていなかったと……」

「西村くんが、お金が必要だったことは知っている？」

「ええ……車の事故を起こして修理代を払わなきゃいけないんですよね。多分、そのお金が用意できないから、逃げたんだと思います」

「そう……じゃあやっぱり、西村くんはまだお金が必要なのね」

玲美は首を傾げた。

「なら、どうしていなくなっちゃったのかしら。ねえ、彼、本当に逃げたんだと思う？　もしかしたら闇金に手を出したりとか、それとも犯罪でお金を手に入れようしているんじゃや……」

「え、いやぁ、どうかな。闇金は……ないと思いますよ」

高泰は、闇金融がテーマの漫画を愛読していて、「どんなに苦しくても闇金で借りるのだけは絶対駄目だな……」と、よくその漫画の話をしていた。

「闇金がヤバイのは充分わかっていると思いますし、女癖は悪いけど、それ以外のことではそこそこ真面目な奴なので、まず泥棒とかもしないでしょう」

おそらく今頃は、何人かいる彼女のうちの誰かの家にでも転がり込んでいるのだろう——幸一はそう考えていた。だからそれほど心配はしていない。そのうち諦めて帰ってくるに違いない。

そう話すと、玲美は少しほっとしたようだった。

(この人、高泰くんのことを心配して、それでここまで来たのか？)

だとしたら、かなりいい人だ。怪しいアルバイトの雇い主としては違和感がある。

「……あの、訊《き》いてもいいですか？」

「ええ、なにかしら？」

「その、高泰くんにやらせようとしていた仕事って、どんなことなんですか？」

「それは……まあ、簡単にいうと接客業よ。私のうちに来るお客さんの相手をしてもらいたかったの」

「一日に五万もらえるとか……？」

「あら、西村くんから聞いていたのね」

玲美はフフッと笑った。後ろめたいことはなにもないとばかりに。

「そうよ、一日に五万円。だからもちろん、おしゃべりをしてお茶の相手をするだけじゃないわ。つまりはセックスをしてもらいたいの」

美人の口からセックスという言葉が飛び出して、幸一は顔が熱くなる。

「ほ、本当ですか？」

「ええ、本当よ」

玲美は、涼しい瞳で幸一を見つめてきた。なんだか幸一の方が恥ずかしくなる。

彼女から目を逸《そ》らして、呟くように言った。「セックスができて、お金ももらえるなんて……そんなうまい話、ちょっと信じられないです」

「もちろん、ただセックスをするだけじゃ駄目よ。ちゃんとお客さんを満足させてくれないといけないの。それって、そう簡単なことじゃないのよ」

「高泰くんなら、それができると？」

「西村くんを紹介してくれた人は、私の友達で、彼とは何度もセックスをしたらしいわ。かなり女を抱き慣れているから、この仕事には適任でしょうって言われたの。だから雇うことにしたのよ」

玲美はこれまでに何人もの男を雇って、知り合いの女たちを抱かせてきたそうだ。だいたい二か月ほどの期間で雇うが、女たちからの評判が悪ければ、それこそ半月で辞めてもらうこともあるという。

「セックスをしたくても、その相手がいないって女性、少なくないのよ。たとえ結婚していても、だんだん夫が相手をしてくれなくなったとか、あるいは夫に先立たれたとか」

そういう女たちのサークルを作り、玲美はセックスの場を提供しているという。

女のための風俗というのも世の中にはあるらしい。が、女が一人でそういう店を利用するのはなかなかに勇気がいることだ。しかし知り合いの家で、知り合いが用意してくれた男とだったら、女たちも安心できるそうだ。

「最初は私と、私の友達と、四人で始めたサークルだったの。〝潮騒《しおさい》の会〟という名前で、二年ほど前にね。でも今は口コミでメンバーが増えて、二十人くらいになったわ。私が思っていた以上に、セックスを求めている女性は多かったのよ」

玲美の口調は至って真面目で、幸一には、彼女が嘘をついているとは思えなかった。誇りを持って行動しているようですらあった。

(僕は間違っていたのか?)

彼女の言っていることが本当なら、高泰にアルバイトをやめさせる必要はなかった。幸一が余計な忠告をしたせいで、高泰は三百万円を稼ぐ手段を失い、夜逃げを決断してしまった。玲美は、代わりのアルバイト要員を探さなければならないのだろうから、当然それだけの手間が増えたわけである。

罪悪感に駆られて、幸一はぼそりと尋ねた。

「あの……そのバイトって、僕でもできますか?」

「あら」玲美が幸一を見つめる。「あなた、興味があるの?」

「興味っていうか……」

とっさに考えたのは、自分が高泰の代わりにお金を稼いでおけば、いずれ彼の役に立てるかもしれないということだった。

それに、もし玲美の元で働ければ、これからも彼女と繋《つな》がりが持てるということである。その繋がりをどう活かすか、そんなことまでは今は考えていないが、とにかくこれっきり彼女と会えなくなるのは、なんだか嫌だった。

しかし、値踏みをするような玲美の視線を受けて、幸一はすぐに現実を思い出す。

自分は、高泰のようなイケメンではない。身長も平均をやや下回っている。

そしてなにより——童貞だ。

彼女いない歴は年齢と同じ十九年。女子と仲良くおしゃべりしたこともろくにない。

こんな自分に、大人の女性の相手が務まるとは到底思えなかった。

「……いや、すみません、忘れてください。僕なんかじゃ絶対無理でしょうから」

しかし玲美は、幸一を見つめ続けた。

「おとなしくて、真面目そうで……悪くはないと思うわ」

「え？」

「あなた、ここ最近、誰かとセックスをしたことは？　あるいはフェラチオやクンニリングスなどのオーラルプレイは？」

さながら医師の問診のように、玲美は尋ねてくる。

「な、ないです」

「本当に？」

「本当です。その……ど、童貞ですから。彼女もいないですし」

「そう、それなら性病とかは大丈夫そうね」

ふんふんと玲美は頷《うなず》いた。そして、顔色一つ変えずにこう言う。

「じゃあ、ズボンとパンツを脱いでちょうだい」

「えっ？ ぬ、脱ぐって、今ここで……桐本さんの前でですか？」

幸一は啞然《あぜん》とし、玲美を見つめ返す。

「恥ずかしい？」玲美は雇い主の顔になっていた。「でも、女にオチ×チンを見られるのが嫌だったら、雇うことはできないわよ。どうする？」

からかっている様子はない。玲美は、幸一をアルバイトに採用するか本気で検討しているようだった。

「……ぬ、脱ぎますっ」

すっくと立ち上がると、幸一はズボンのファスナーを下ろし、ボタンを外し、一息に両足を抜いて脱ぎ捨てる。

一瞬の躊躇《ためら》いの後、ボクサーパンツをずり下げた。陰茎が部屋の空気に触れるや、自室にいるとは思えないほどの心許《こころもと》なさに襲われる。

パンツを脱いでいる間に、玲美がちゃぶ台を回り込んで、幸一の横に端座《たんざ》した。

「ふぅん、サイズはまずまず平均的ね。さあ、こっちを向いて。よく見せてちょうだい」

「は、はい」

身体が芯から熱くなるのを覚えながら、彼女の顔の前に己の陰部を突き出す。

初めて女の視線に晒《さら》された陰茎は、恥ずかしそうに縮こまっていた。

しかし、ときおり甘い疼《うず》きも走る。淫《みだ》らな予感と羞恥《しゅうち》がせめぎ合って、肉の茎の内側は異様にざわついていた。

そして、玲美のほっそりとした指がペニスに触れてくる。

ひんやりとした感触に、幸一はピクッと身を震わせた。二本の指で亀頭が上品につままれ、指の腹でそっと撫でられる。

快感とも言いがたい密やかな刺激。

だが、若牡《わかおす》のスイッチを入れるには充分だった。勃起《ぼっき》が始まる。

「ふふっ、早速大きくなりだしたわね。反応がいいのは大事よ。〝潮騒の会〟の会員にはせっかちな人もいるから――」

大人の笑みを浮かべていた玲美。しかし、一転して信じられないものを見るように目を丸くする。

陰茎はムクムクと膨張《ぼうちょう》を続け、赤黒く染まるほど充血した。彼女の指を振り払って、ついには先端がへそにくっつきそうなほどの急角度で屹立《きつりつ》する。

「こんなに大きくなるなんて……びっくりだわ」

予想外の膨張率だったようで、玲美は呆気《あっけ》に取られた顔をした。

「こんなに立派なものを持っていて、本当に童貞なの？」

「え、ええ……」

幸一も少し驚いていた。以前から、それなりに大きい方だとは思っていたが、これほどまで長く、太く怒張したのは初めてである。美女の視線のなせる業《わざ》か。

（十八センチくらいありそうだ。大きくなりすぎてズキズキする）

まじまじと巨砲を眺めていた玲美は、やがてその瞳に妖しい炎を宿らせる。

口元に薄笑いを浮かべ、再びペニスに指を絡《から》めてきた。今度は手筒で竿を包み込み、硬さを確かめるようにキュッキュッと握ってくる。

「あうう……」

「うふっ、これだけでも気持ちいいの？　若いから敏感なのね」

次に玲美は、親指と人差し指で輪っかを作り、雁《かり》のくびれに巻きつけた。

そして緩《ゆる》やかに上下させる。輪っかが亀頭冠の出っ張りにひっかかるたび、痺《しび》れるような愉悦《ゆえつ》が走った。

まるで持ち主である幸一自身よりも、玲美の方がこのペニスの扱《あつか》い方をよくわかっているみたいである。ささやかな手首のスナップからは想像できないほどの快美感に、幸一は唇を噛んで耐える。

早くも鈴口からトロリと先走り汁が溢《あふ》れた。

玲美はそれを指ですくい取り、雁首に塗《ぬ》りつけて、また指の輪っかで擦《こす》った。ヌルヌルと滑《すべ》りが良くなって摩擦《まさつ》運動が加速する。

「く、ううっ」

「広末くん、もちろんオナニーは毎日しているわよね？　一日に何回くらいしているのかしら？」

「えっ……オ、オナニーの回数ですか？」

「大事なことだから正直に答えなさい」

なめらかな手つきで雁首を責め立てながら、玲美は、鋭い眼差しで幸一を見上げてきた。

「は、はい……一日に、二、三回くらい……」

「ふぅん、そう。平均でそれくらいってこと？　じゃあ、頑張れば四、五回はできそうかしら？」

「五回はわからないですけど……四回くらいなら、多分……あううっ」

止めどなく溢れる先走り汁が、竿の方まで塗り広げられていく。指の輪っかのストロークも長くなっていった。

根元に向かって下りていくときは、輪っかは少し緩められる。

雁首に向かって上っていくときには、輪っかはキュッと締められる。

(チ×ポが、引っこ抜かれそうだ……!)

メリハリの利《き》いた摩擦感に、幸一は腰を震わせた。血管を搾《しぼ》り上げるマッサージのような指使いで、亀頭がさらに張り詰めたような気がする。

男だって、これほど巧みにペニスをしごける者は少ないだろう。機械のように正確で淀みのない動作。玲美の手コキは、まるでその道のプロ——風俗嬢のようだ。

「はうっ……き、気持ち良すぎです……うぐぐっ」

射精感が込み上げてくる。このまま続けられれば、数分と持たないだろう。

「ふふふっ、まだまだ、これからよ」

そう言って、なぜか玲美は手擦りを止める。

さらには、ペニスからその手を離してしまう。

「それじゃあ、できる限り我慢してちょうだいね。オチ×チンの持久力を確かめたいから」

「え……あ、ああっ⁉」

床に正座をしていた玲美は、膝立ちになって顔の位置を上げ──

一瞬の躊躇いもなく、そそり立つ肉棒を咥《くわ》えた。

朱唇を固く閉じてペニスを締めつけ、ゆっくりと首を振り始める。

（うわ……フェ、フェラチオだ）

幸一にとって人生初のフェラチオだった。いつかは経験してみたいと思っていたが、今されるとは思っていなかった。

いくら手コキがプロ並みだからといって、こんなセレブの美女が、まさか男のモノを咥えるとは、想像もできなかったのである。

しかしそんな戸惑いも、湧き上がる愉悦の前に消え去った。

しっとりと潤《うるお》った唇で幹をしごかれ、手コキのとき以上の早さで射精感が高まっていく。ときおり雁首を重点的に責められ、亀頭冠にひっかかった朱唇がめくれそうになれば、その卑猥《ひわい》な口元の様子に視覚的にも興奮させられた。

（なんてエロい……）

美女の唇にペニスが出たり入ったりしている。それをモザイクなしの無修正で見られるという感動。

また、スーツ姿の女性にしゃぶられていると、まるで秘書に淫らな奉仕をさせている社長のような気分にもなり、それがまた男心を高ぶらせる。

（たまらない……けど、我慢しろって言われたんだ。ギリギリまで頑張らなきゃ）

幸一は尻の穴を締め上げて、高まる射精感を抑《おさ》え込もうと気合いを入れた。

しかし、玲美は鬼の試験官となり、さらにペニスを責め立てる。

玲美の舌が勢いよく動きだした。亀頭に張りつき、上下に、左右に、舌粘膜を擦りつけてくる。はたまた先端を硬く尖らせて裏筋をなぞってくる。

緩やかな首のストロークとは真逆の、猛烈《もうれつ》な舌の躍動。その表情も、いかにも涼しげだ。さながら〝優雅に泳ぐ白鳥が、水面下では激しく足を動かしている〟という、あの言葉のようである。

「お、おううっ……そんなにされたら、我慢なんて無理です……！」

たちまち射精感が高ぶり、今にも限界を超えようとする。

口いっぱいに肉棒を頬張《ほおば》っている玲美はしゃべることができない。代わりに目で語りかけてくる。まだ駄目よ。もっと頑張りなさい。

にもかかわらず、とどめを刺すように指の輪っかでペニスの根元をしごきだす。

そしてもう片方の手では、稲荷寿司《いなりずし》のように縮み上がった射精寸前の陰嚢《いんのう》をささわと撫で回し、柔らかに揉《も》んできた。

どれだけ歯を食い縛ろうが、肛門を締め上げようが、これほどの口技、手技を駆使されて、耐えきれる幸一ではなかった。

「あ、あっ、駄目です、すみません、もう……！」

このままでは玲美の口内にぶちまけてしまう。

それでも試験は続行され、玲美はじっと幸一を見つめていた。このまま出していいのか、悪いのか、幸一にそれを考える余裕はもうない。

「くぉおお……イ、イクッ!!」

ガクガクと腰が震えだし、同時にザーメンが鈴口から噴き出した。

オナニーとは比べものにならぬ快感が、何度も尿道を駆け抜ける。大量の白濁液《はくだくえき》が玲美の口の中に注《そそ》ぎ込まれた。

玲美は眉間に皺《しわ》を寄せ、その美貌を微《かす》かに強張《こわば》らせる。

それを見て、お漏《も》らしをしてしまった子供のような気持ちになる幸一。だが玲美は、次の瞬間、小さく喉《のど》を鳴らした。

（えっ……の、飲んでる!?）

射精がようやく終わると、玲美はゆっくりと、あくまで上品にペニスを吐き出す。

最後まで一滴《いってき》のザーメンもこぼさなかった。

「ふう……凄い量だったわ。若い子って、やっぱりいっぱい溜まっているのね」

幸一は、頭がカーッと熱くなるのを感じた。女の口にザーメンをぶちまけただけでなく、それを飲ませてしまったのだ。AVなどでは当たり前に見かける行為だが、自分がそれをするとは夢にも思っていなかった。

だが、これがアルバイトの面接試験だったことをハッと思い出す。

「す、すみません……全然我慢できなくて……」

「うん……そうね、ちょっと早かったわね。でも……」

玲美の口調に咎《とが》めるような気配はなかった。射精を果たしたばかりのペニスを見て、にっこりと微笑《ほほえ》む。

ペニスは、初めての口淫の余韻を宿して、未だ力強く反《そ》り返っていた。

亀頭はつややかに濡れ光り、間近にある玲美の顔を鏡の如《ごと》く映しそうなほど、パンパンに張り詰めている。

「若いだけあってさすがに元気ね。これなら休憩なしで続けられるわよね？」

「え……あ、はいっ、で、できますっ」

「いいわ、じゃあ布団を敷いてちょうだい」

その言葉の意味を、幸一はすぐに理解した。先ほど部屋の隅《すみ》に追いやった布団を大急ぎで広げる。

（するんだ……セックス……！）

2

幸一は、敷き布団を床に広げた。ところどころほつれていたり、小さな穴が空いていたりして、美人を寝かせるのにふさわしい布団とは到底言えない。

せめてもの努力としてシーツの皺を綺麗《きれい》に伸ばし、ゴミや抜け毛が落ちていないかチェックしていると、

「広末くん、スーツを掛けたいのだけど――」と、玲美が言う。

いつの間にか彼女は上着を脱いでいた。真っ白なシャツの胸元は、ジャケットに隠れている間は気づかなかったが、かなり豊かに膨らんでいる。

巨乳の予感に一瞬見入ってしまうが、

「あ、はいっ、少々お待ちください……！」

幸一は急いでクローゼットを開け、自分のダウンジャケットやフリースを隅にギュ

ウギュウと押しつけてスペースを作った。

「ど、どうぞ」と、玲美にハンガーを渡す。

ありがとうと言って、玲美はジャケットをクローゼットに掛けた。

擦れ違う瞬間、仄《ほの》かな甘い匂いが幸一の鼻腔をくすぐる。

香水などではない。おそらく彼女自身の匂いだ。なんていい匂いだろうと、思わず小鼻をひくつかせてしまう。

玲美は次にスカートを脱いでいった。幸一が見ていても躊躇わず、咎《とが》めようともしなかった。スルスルと下ろして、ストッキングに包まれた太腿《ふともも》を露わにしていく。

（綺麗な足だ……）

欧米人のように長い脚は、スポーツかなにかで鍛えているのか、実にしっかりと締まっていた。それでいて太腿には、大人の女の肉がムッチリと張り詰めている。

ふくらはぎは小気味良いカーブを描き、キュッと締まった足首のくびれへと繋がっていた。健康的でありながら艶《なま》めかしい、男の目を奪ってやまない美脚だった。

玲美はスカートを丁寧にたたむと、幸一が見とれている間に、パンティストッキングも両足から抜き取る。そしてパンティも——。

シャツの裾から現れたパンティは、なめらかな光沢を帯びたオフホワイト。

それが太腿を滑っていった。だが、女の秘部は未だシャツの裾に隠れている。

「さてと、広末くんはそれ以上脱がなくていいの？」

「え……？　あ、はい、脱ぎますっ」

幸一はTシャツを脱いで全裸になった。

しかし玲美の方は、もうそれ以上は脱がないようだった。シャツを着たまま、敷き布団の上に移動する。

（オッパイ、見せてくれないのか……）

ちょっとだけ残念に思う。それでも男心は萎《な》えない。

白いシャツに生足《なまあし》──今の玲美の格好は、いわゆる〝彼氏のワイシャツを借りて着ている〟シチュエーションを思わせて、なんとも蠱惑的《こわくてき》であった。

玲美は敷き布団に腰を下ろすと、仰向《あおむ》けで横になる。

と、なにかに気づいたような顔をし、身体を転がして横向きになった。シーツに鼻先を近づけ、スーッと息を吸い込む。

「ふふふっ、若い男の子の匂いがするわね」

「あっ……すす、すみませんっ……あんまり干したりしてなくて」

今は六月の末、梅雨《つゆ》の真っ只中だ。布団を干せるチャンスは少ない。そもそも幸一はそこまでまめな性格ではないので、布団干しなどはついついサボってしまう。まさかそのことを後悔する日が来るとは夢にも思っていなかった。

玲美はクスクスと笑った。「気にしなくていいのよ。臭いなんて思ってないから」

むしろ、ちょっと興奮しちゃうわ——

そう言って再び仰向けに戻ると、両膝を立てる。

そして、閉じていた股をゆっくりと開いていった。

幸一は息を呑み、艶めかしく肉づいた左右の太腿の狭間《はざま》を凝視する。生まれて初めて直《じか》に見る、女の秘部だった。

ふっくらとした肉土手が、開脚にあわせて徐々に左右に広がっていく。薔薇《ばら》の花弁のような小陰唇が、割れ目の中で微《かす》かにほころんでいる。

恥丘を覆《おお》う草叢《くさむら》はやや濃いめ。しかし、綺麗な逆三角形にトリムされていて、割れ目の方には剃《そ》り残しも見当たらなかった。

(オマ×コって、ネットで見たときはちょっとグロいと思ったけど、全然そんなことない……けど、なんて言うか、とにかくエロい……!)

シャツが上半身を隠しているせいで、下半身の淫らな有様がなおさら強調されていた。

そそり立つ肉棒はセキレイの尻尾のようにひくつき、新たなカウパー腺液のしずくがドクドクと溢れ出す。

もしも先ほど射精していなかったら、今この瞬間にもザーメンを漏らしていたかもしれない。それくらい幸一は興奮していた。頭の中が沸騰しそうだった。

「さあ、広末くん」

美しいコンパスをM字に開き、玲美が促《うなが》してくる。

彼女の股の間に、幸一は腰を下ろした。喉がカラカラで、両腕が細かくブルブルと震えている。恐る恐る、彼女に尋ねた。

「あの……やっぱり下手くそだったら、バイトは不採用なんでしょうか……？　僕、さっきも言いましたけど、その、童貞なので……」

玲美は微笑み、静かに首を横に振る。

「セックスの経験が豊富だとか、テクニックがあるとか、それに越したことはないけれど、女はそれだけで満足するわけじゃないのよ。さあ、とにかく今は、私を抱くことだけに集中しなさい」

玲美は左右の手を股ぐらにやり、

「もう準備はできているから、すぐに入れられるわ」

大陰唇に指をひっかけて、ぐにゅっと大きく開帳させた。

肉の花弁も満開となる。しっとりと色づいた粘膜は、外側の方がやや褐色《かっしょく》を帯び、内側にいくほど朱色が鮮やかさを増している。

（お、おお、ビラビラも綺麗だ。皺もよじれもそんなにない）

そして玲美の言うとおり、割れ目の一番奥まったところが、ヌラヌラと濡れ光っていた。男のモノを咥え、ザーメンを飲んだことで、彼女もまた興奮したということだろうか。

「ああっ……は、はい、いきます！」

鎌首《かまくび》をもたげたペニスを握り下ろし、幸一は狙いを定める。

割れ目の中心からやや下の辺りに、少し窪んだところがあった。媚肉《びにく》が皺を寄せて集まっている。ここだろうと見当をつけて、亀頭を窪みにあてがう。

濡れた粘膜の感触だけで愉悦が湧き上がった。思い切って腰を押し出す。

が、鈴口が軽く埋まる程度だった。それ以上は潜り込めない。ここが穴じゃないのか？　と、幸一は焦《あせ》りを覚える。

すると玲美が言った。「穴の場所は合っているけど、向きがちょっと違うわね。もう少し、こう……斜め下に差し込むような感じよ」

「な、斜め下ですか？」

「そうよ、私が角度を合わせてあげる。ほら」

玲美の手が肉棒を握る。込み上げる快美感に、幸一は思わず奥歯を嚙んだ。ぐずぐずしていると、挿入する前に果ててしまいそうである。

幸一は、彼女の身体の両脇に手をつき、やや覆い被《かぶ》さるような体勢となった。するとペニスが、彼女の導く角度にちょうど合う。

「いいわよ、そのまま真《ま》っ直《す》ぐに腰を進めて」

「はいっ」

腰を前に突き出すと、亀頭が半分近くまで埋まった。

さらに力を込めると、膣穴がグググッと口を広げていく。

次の瞬間、亀頭冠の出っ張りが勢いよく肉門を潜った。その勢いで、ペニスの三分の一ほどが女の中に入り込む。

「うぐっ」

「あぅんっ」

幸一は呻《うめ》き、先走り汁をちびらせた。玲美も悩ましい声を上げ、微かに身を震わせた。

しばらくして、玲美は恥ずかしそうに苦笑いを浮かべる。

「ふふっ、こんなに大きなオチ×チン、初めてだからちょっと驚いちゃったわ。さあ、続けてちょうだい。奥まで来て」

玲美に促され、幸一はさらにペニスを進入させていった。

ズブリ、ズブリと、女の体内に潜り込みながら、これは本当に穴なんだろうかと、疑問を覚えずにはいられなかった。穴なら、もっとスムーズに差し込めるのではないだろうか？

まるでゼリーの中にペニスを突き刺しているようだった。ジューシーでありながらプリプリと弾力《だんりょく》のある肉のゼリー。そこにペニスを突き刺し、グリグリと穴を掘りながら突き進んでいるような感覚だった。

（オマ×コってみんなこうなのか？　ああ、亀頭が擦れてたまらない……！）

あるいは、玲美の膣路が狭すぎるせいで、そんな感じがするのかもしれない。強い摩擦感にあらがいながら、なんとか膣穴の奥まで挿入を果たした。

ペニスの根元がまだ数センチほど余っていたが、幸一はすでに射精感を高ぶらせ、額に玉の汗を浮かべる有様である。

今ピストンを始めたら、一、二分で達してしまいそうだ。幸一は、彼女に覆い被さった体勢のまま動けなくなる。深呼吸を繰り返し、ペニスの高ぶりが鎮《しず》まってくれるのを懸命に祈る。

「す……すみません、ちょっとだけ、このままで……」

玲美の手が、敷き布団に突っ張っている幸一の腕をそっと撫でた。

「構わないわ。あなた、オチ×チンがかなり大きいから、アソコが馴染むまで少し待ってくれた方が、私もありがたいわ」

いつしか玲美は、試験官の顔ではなくなっていた。

優しく見守るような慈愛に満ちた眼差しに、幸一は胸が熱くなる。ますます彼女に心を奪われていった。

(この人にみっともないところは見せたくない)

先ほどのフェラチオのときのような、呆気なく精液を漏らしてしまう醜態は晒せないと思った。目を閉じて心を落ち着け、射精の気配が遠のくのをじっと待つ。

だが、視覚を封じると、身体の感覚が余計に敏感になった。

膣壺の中は、思いも寄らぬほど温かい。ペニスが温められると、さらに感度が高まっていくような気がした。

膣壁は、微かな収縮と弛緩《しかん》を緩やかに繰り返していた。それだけでもペニスは心地良さを感じ、射精感はなかなか鎮まってくれない。

「桐本さんの中、とっても気持ち良くて……なんだか入れているだけでイッちゃいそうです……」

「そう？　ふふっ、どうせイッちゃうなら、思い切って動いてみなさい。その方が、もっと気持ち良くイケるでしょう？」

「でも……本当にすぐイッちゃいますよ？」

「いいわよ。さあ、目を開けて」

はい——と、幸一は目を開いた。途端に玲美と目が合う。ずっと見られていたんだろうかと思うと、恥ずかしくて顔が熱くなった。

玲美は目を細めて微笑む。「ゆっくりでいいから動いてみて。私のアソコも……ふふっ、あなたのオチ×チンの形に広がって、だいぶ馴染んだと思うわ」

淫らな物言いが、幸一をさらにドキドキさせた。

「じゃ、じゃあ……動きます……！」

意を決して、腰を揺らしだす。ゆっくりと時間をかけて、肉棒を引き抜き、また押し込んでいく。

案の定、燻《くすぶ》っていた射精感はすぐさま高まっていった。女壺の壁がペニスに張りつき、小気味良く締めつけてくる。デコボコした無数の肉襞《にくひだ》による摩擦感もたまらない。

一往復に十秒近くもかけるようなスローな抽送《ちゅうそう》だというのに、その快感はオナニーを遙かに上回っていた。裏筋が引き攣《ひっ》り、精液混じりのカウパー腺液が止めどなく溢れている。

「ああっ……セックスが、こんなに気持ちいいなんて……ほ、ほんとにもう出ちゃいますよ……？」

「……いいわ。じゃあイク前に、もう少しだけ速く動いてみなさい。奥まで突いて、オチ×チンの先でノックするみたいに」

「はい……く、くううっ」

幸一は歯を食い縛り、抽送を少しだけ速くした。

そしてストロークの幅を短くし、トン、トン、トンと、膣底に亀頭を当てる。恐る恐る様子をうかがうような、遠慮がちのノックだ。

玲美はううっと呻いて、わずかに身をよじる。

「んっ……そうよ、そこ、アソコの一番奥、子宮の入り口のところにはね、ポルチオっていう女の急所があるの。覚えておきなさい」

「わ……わかりました……あ、あっ」

せっかく女の悦《よろこ》ばせ方を教えてもらったが、もはや限界だった。ピストンの加速は、より甘美な摩擦感をもたらしてペニスを追い込む。

陰嚢の付け根がジーンと痺れて、今にもザーメンが噴き出しそう——

そのときになって、幸一はハッとした。

(このまま中に出しちゃっていいのか?)

だが、その直後に前立腺が決壊し、ペニスを抜く間もなく射精が始まる。

「おううっ、イ、イクううっ……!!」

鉄砲水の如き勢いだった。フェラチオのときに負けぬ大量の白濁液が噴射し、膣内に注ぎ込まれていく。

(今チ×ポを抜いたら……駄目だ、桐本さんのシャツに精液をぶちまけてしまう)

幸一は諦めて、彼女の中に射精し続けた。

「あん……オチ×チンがお腹の中で、ビクッビクッて震えているわ。まだ出ているのね。本当に凄い……」

玲美は感心するように呟く。

その猛烈な射精もやがては終わり、幸一は肩で息をしながら尋ねた。

「あの……中に出しちゃって、良かったんですか……?」

「ええ」と、玲美は微笑みながら頷く。「大丈夫よ。私も、他の〝潮騒の会〟の人たちも、その心配はいらないわ。それにしても……本当にすぐイッちゃったわね」

「あっ……す、すみません……」

「いいのよ、ふふふっ。もしこれで〝今日はもう打ち止めです〟って言われたら赦《ゆる》さなかったけれど――」

玲美は自らの下腹部に手を当てると、まるで胎内に赤ん坊がいて、その子を愛《いと》おしむかのようにそっと撫でた。

「あなたのオチ×チン、まだ硬いわ。二回出したのに、こんなに元気だなんて……。もう一回、できるわよね？」

「も……もちろん、できますっ！」

続けて二度の射精に多少は疲れていたが、やりたい盛りの男子の性欲はこの程度で尽きたりしない。大きく息を吸い込むと、まだまだいけることをアピールするように膣奥を強めに一突きする。

「あぅんっ……」

ビクッと身震いする玲美。そして幸一はピストンを再開した。さすがに二回も射精したので、ペニスの感度も少しは落ち着いて、先ほどよりは長持ちしそうである。

小刻みのストロークで、膣底にあるというポルチオ性感帯に、改めて亀頭でノックを施《ほどこ》した。

「あうぅ……くっ……」

すると玲美は、美貌をしかめて低く呻く。

女性経験の少ない幸一は、その表情の意味を量《はか》りかねた。おずおずと尋ねる。

「……あ、あの、なにか駄目でしたか？」

「え……？　ううん、そんなことないわ。まだちょっと動きがぎこちないけれど、すぐに慣れるわよ。あなた、なかなか呑み込みがいいわね」

そして玲美は新たなレクチャーをしてくれる。

「それじゃあ今度は、大きな振り幅で腰を動かしてみて。女のアソコの急所はポルチオだけじゃないのよ。上半身は起こして……そうよ」

幸一は言われたとおりに上半身を垂直にし、白くなめらかな彼女の太腿を、両手で軽く抱えた。

その姿勢で、改めてピストンをする。挿入角度が変わったので、嵌《は》め心地が先ほどとはまた違った。亀頭の上面や、亀頭冠の一番張り出したところなどが、強めに擦れるようになった。

「そうよ、その感じで、もっと大きく腰を振って……」

「はい……こうですか？」

ペニスが女陰から抜けてしまわないよう注意しながら、幸一は腰を往復させる。

「あ、あ……ううぅん」

玲美がまた低く呻いた。眉根を寄せた顔は相変わらず判断しづらいが、よく見ると頬が微かに赤らんでいた。

彼女の甘い体臭が、先ほどよりも濃くなった気がする。男を惑わすフェロモンとなって、この狭い六畳間を満たしていった。

軽いめまいを覚えながら、幸一は腰を振り続ける。

「……これ、気持ちいいんですか？」

「ええ……アソコの入り口から五、六センチのところに、もう一つの女の急所があるの。Gスポットって……聞いたことないかしら？」

「あ、あります」

Gスポットは膣路の天井側にあり、幸一のペニスがことさらその部分を擦り立てるのだという。

「じゃあ、そのために姿勢を変えるよう言ったんですね。Gスポットへの、チ×ポの当たりを強くするために……」

玲美は頷き、でもそれだけじゃないのよと言った。

微かに声を震わせながら、幸一のペニスの形を褒めてくれる。

「大きいだけじゃなくて、上向きに反っているから、Gスポットにとってもグリグリ当たるの。これは……かなり女を夢中にさせるオチ×チンね」

「本当ですか。あ、ありがとうございます」

幸一は嬉しくなって、嵌め腰に熱を込める。

少しずつだが、ピストンの動きがスムーズになっていく。

「あっ……んぐうぅ……あううぅん」

玲美が呻き声を上げ、静かに身をくねらせていた。

見ようによっては苦しんでいるようでもある。顔を火照《ほて》らせ、呼吸を荒らげて、まるで熱にうなされているようでもある。

(でも、気持ち良くなってくれているんだよな……?)

彼女自身が気持ちいいと言っているのだから、それが嘘ではないと信じたかった。

そう思うと、彼女の悶える姿がなんともエロティックに見えてくる。悩ましく身をよじる姿が、眉間に刻まれた皺が、幸一の心を妖しく煽《あお》り立てた。

（ああ……ヤ、ヤバイ）

ピストンが速くなれば、当然、肉棒への摩擦も強くなる。

女蜜の量はますます増え、ねっとりと絡みついてくる膣襞が、肉棒の先から根元までをまんべんなく擦ってくる。

いかに二回の射精を経た後でも、これではたまらない。三回目の発射に向けてペニスは高まっていった。

「ハア、ハア……んあぁ……ううぅうぅ」

玲美の呻き声も、幸一の鼓膜を震わせ、脳髄を甘く痺れさせてくる。

ヌチュッ、ヌチュチュッと、牡と牝《めす》の結合部から水音が響いてきた。幸一はそれを反射的に見てしまう。ピチピチに広がった膣穴に、濡れた肉の鈍器が出入りしている様《さま》を、もろに目撃する。

官能を揺さぶる淫猥極まりない眺め。見ては駄目だと思った。しかし、目が離せなかった。陰嚢の付け根が熱くなり、射精のときが迫ってくる。

不意に外からメロディーが聞こえてきた。夕方の五時を知らせるチャイムだ。

続けて、アパートの前を駆け抜ける自転車の音。子供たちの黄色い声。聞き慣れた、なんでもない日常の音だ。

そしてここは、一年と二か月ほど住み続けた、一人暮らしのワクワクもだいぶ薄れてしまった自分の部屋である。

当たり前の、なんら特別ではないはずの空間。その中でセックスをしている。上品な顔立ちのセレブ美女が、あられもなく股を広げて身悶えし、童貞だった自分が、その彼女の女陰にペニスを突き立て、今から二度目の中出しを決めようとしている。

(僕は、夢でも見ているんだろうか……？)

日常と非日常が頭の中でグチャグチャに混ざり、わけがわからなくなった。

気づいたときには射精感の高まりが抑えられなくなっていた。

「す、すみません、もう我慢が……ああ……！」

「いいわ、奥に、いっぱい出して……！」

幸一は、亀頭が膣底にめり込むほど深く突き込む。その直後、射精の発作に腰を震わせた。

「おううっ、くっ……ウウーッ!!」

本日三度目だというのに絶頂の快感は少しも目減りしていない。ペニスで弾《はじ》け、背筋を駆け抜け、脳髄を貫《つらぬ》く。

「あぁん……一番奥で、オチ×チンがビクンビクンしてるぅ」

悩ましげに顔を仰《の》け反《ぞ》らせ、女体を戦慄《わなな》かせる玲美。

射精は長く続き、ザーメンが噴き出すたびに幸一は、魂まで一緒に抜け出ていってしまうような気がした。めまいに襲われ、玲美の身体に倒れ込む。

彼女の胸がクッションになってくれた。幸一は柔肉の膨らみに顔を埋め、ハァハァとしばし喘《あえ》ぐ。玲美が優しく頭を撫でてくれて、それがたまらなく嬉しかった。

3

呼吸を整えながら、幸一はそっと乳丘の片方に掌を載せる。

様子をうかがいながら五本の指で軽く揉んでいく。シャツやブラジャーの感触は邪魔だったが、それでも乳肉の柔らかさはしっかりと感じられた。

(……まるでマシュマロみたいだ)

咎められないのをいいことに、膨らみの頂点を指で探って、カリカリと軽く引っ掻いてみた。

「やぁん、もう……ダメよぉ」

玲美はフフッと笑った。幸一はたまらない気分になって、勢いよく起き上がる。まだ少し息切れしていたが、休憩はもう充分。次こそ彼女をイカせるんだ！　と、決意を固める。

が、玲美は言った。

「……さてと、それじゃあテストはここまでね。オチ×チンを抜いてくれるかしら」

「えっ……？」

幸一は目を丸くする。

彼女はまだイッてない。それなのに、これでおしまいと言うことは――

「で、でも、僕、まだできます……！」

「ええ、そのようね」

玲美はチラリと結合部を一瞥《いちべつ》する。フルサイズとは言わずとも、ペニスはなおも勃起を維持し、膣穴を大きく押し広げていた。

「連続で三回も射精して、それでもまだこんなに硬くて大きいなんて……本当に大したものだわ」玲美はにこりと微笑んだ。「それがわかったから、もう充分よ」

「え……じゃあ」

「広末くん、あなたを雇うことにします」

セックスの経験不足だったり、やや早漏気味なところはマイナスだったが、それでも若さゆえの精力の強さや、幸一の勃起ペニスのサイズと形の良さは、それらを補って余りあるという。

幸一が肉棒を抜くと、すぐさま玲美は立ち上がり、テキパキと身繕《みづくろ》いをしながら今後のことを説明した。

「期間はとりあえず一か月、私の家に住み込んでもらうわ。〝潮騒の会〟の人たちがお客さんとしてやってくるから、そのお相手をしてちょうだいね」

玲美の家は、部屋がたくさん余っているらしく、一度に四、五人ほどの客が来ても充分泊まれるのだそうだ。

「その期間は、私の家から大学に通ってもらうわよ。西村くんは、片道で一時間ほどかかりそうって言っていたわね。それでも大丈夫？　もちろん交通費は出すわ」

「……ありがとうございます」

玲美の話を、幸一は複雑な思いで聞いていた。

アルバイトに採用されたのは良かった。が、やはり彼女を一度もイカせられなかったのが心残りである。

童貞を卒業したばかりの自分では力不足だったのだろう。しかし、彼女も多少は感じていた。あのまま続けさせてもらえれば、もしかしたら――そう思わずにはいられなかった。未練がましく、のろのろと自分も服を着る。

「——話は以上だけど、なにか質問はあるかしら？」

「えっ……あ、いや……特にないです」

スーツをまとい、乱れた髪型を整えた玲美と、連絡先の電話番号を交換した。

最後に玲美は、幸一の学生証を見せるように言ってきた。幸一が学生証を出すと、スマホのカメラでそれを写真に撮る。

「ごめんなさい。あなたが悪いことをするとは思っていないけど、一応ね」

「ああ、いえ、大丈夫です」

昔、幸一がコンビニでアルバイトをするときも、学生証のコピーを提出するように求められたことがあった。だから別に気にはしない。

「それじゃあ、これからよろしくね。明日、車で迎えに来るから、必要なものをまとめておいてちょうだい」

そして玲美は去っていった。

一人になった幸一は、しばらくの間、床に座り込んでぼうっとした。

（荷物をまとめなきゃ……教科書と……パソコンもいるかな……）

しかし思考はまとまらず、身体はなかなか動こうとしない。いざアルバイトが決まってみると、明日からお金持ちの奥さんたちとセックスをするんだ——ということに、どうにも現実感が湧いてこなかった。

(桐本さんとはどうなんだろう。あの人ともまたセックスできるのかな？)

顔も知らない奥さんたちより、やはり玲美のことの方が気になる。

彼女の美しい顔を思い出す。艶めかしい脚を思い出す。フェラチオをしているときの上目遣いの表情や、膣穴を突かれて悩ましく身をよじる様が、次々に脳裏に浮かんできた。ズボンの中でムクムクと陰茎が膨らんでくる。

幸一は敷き布団に這いつくばり、シーツに鼻面《はなづら》を近づけた。玲美の甘い匂いが仄かに残っている。小鼻を膨らませて胸一杯に吸い込んだ。

(桐本さん……れ……玲美さん……ああ)

その晩、オナニーでさらに二度の射精をするまで、幸一は眠りにつけなかった。

第二章　悩まし熟妻の抱き枕

1

翌日は土曜日で、大学の講義は午前中のみだった。

アパートに帰って、幸一がそわそわしながら待っていると、午後二時頃に玲美が車で迎えにきた。彼女の車に、段ボールにまとめた荷物を積み込み、すぐに出発する。

身を固くして助手席に座る幸一。一目惚《ひとめぼ》れの相手である玲美が、すぐ隣にいるのだ。先ほどからずっと胸がドキドキしている。

そんな幸一に、玲美がクスッと笑って話しかけてきた。

「緊張しているみたいね。昨日の夜はちゃんと寝られたかしら？」

「い、いいえ、あんまり……」

「そんなに心配しなくても大丈夫よ。一流ホテルの接客係みたいなことを期待しているわけじゃないんだから」

彼女は、幸一がアルバイトの不安で寝られなかったのだと思っているようだ。

もちろんそれもあったが、昨夜の幸一が眠れなかった一番の理由は、玲美とのセックスが何度も頭の中に蘇《よみがえ》ってきたからである。しかし、そんなことは言えないので、適当に話を合わせて相槌《あいづち》を打った。

「そ……そうですか」

「ええ、むしろあんまり丁寧すぎる接客をされると、〝お金を払って相手をしてもらっている〟っていう意識が強くなっちゃって、皆さん、白けちゃうと思うわ。だから、あなたは無理に背伸びなんかしなくていいの」

「なるほど……」

「〝潮騒の会〟の会員は、一番若い人でも確か二十九歳で、家族以外の男の子と接する機会なんてほとんどない人たちばかりよ。あなたみたいな普通の大学生の男の子とおしゃべりできるだけでも、それなりに喜んでくれると思うわ。おじさんは若い女の子が好きでしょう？　おばさんだって若い男の子が好きなのよ」

そう言って、玲美は茶目っぽく笑った。

「まあ、敬語は使ってちょうだい。よそよそしくならない程度にね。けど、誰かを呼ぶときは、名字じゃなくて名前の方で呼んでいいわ」

「え……は、はい、わかりました」

これまで女友達もろくにいなかったので、幸一は、女性を名前で呼んだことなどなかった。ドキドキしながら尋ねる。

「……じゃあ、あの、玲美さんって呼んでもいいんですか？」

「え？　ええ、構わないわよ」

玲美はフフッと笑った。「それじゃあ、私も幸一くんと呼ばせてもらうわね」

「ど、どうぞ」

幸一は嬉しいような恥ずかしいような気持ちでいっぱいになる。

ただし――と、玲美は釘を刺してきた。

「いくら丁寧すぎない方がいいっていっても、妙になれなれしかったり、相手を軽んじるようないい加減な接客をするのは駄目よ。それはわかっているわね？　あなたらしく、誠心誠意努力して、できる限り喜んでもらえるように頑張ってちょうだい」

「は、はいっ」

それから三十分ほど車は走り、海沿いの広い道路に出た。

幸一は、スマホの地図アプリで現在地を確認する。この辺りはわりと有名な観光地だ。漁港があって、海の幸のご当地グルメを目当てに多くの人がやってくる。歴史のある神社がいくつもあり、それらも観光スポットとなっていた。

「幸一くん、海は好きかしら？」

幸一は車窓から海を眺める。「はい、好きです」

波は穏やかで、白い砂浜も実に綺麗だ。この海岸には、夏場は大勢の海水浴客が来るのだと、毎年テレビのニュースで見かける。

「そう、それはよかったわ。あと少しでうちよ。ほら、あのマンション」

玲美の指差す先に、海沿いの道路に面した、まるでホテルのような立派な建物があった。リゾートマンションだ。しかもかなり高級な。

玲美の車が、道路からマンションの敷地に入って、地下へのスロープを下りていく。スロープの突き当たりで停車し、玲美と幸一が車から降りると、係員がやってきて、忘れ物はありませんか？　もう誰も乗っていませんか？　などと確認してきた。

その後、車は動く床によって自動で運ばれ、開閉式ゲートの奥に消えていった。

「機械式駐車場っていうのよ。外の駐車場だと、潮風で車が錆びちゃうの」

物珍しさに見入っていた幸一に、玲美が教えてくれた。

　荷物の箱を持って、幸一は玲美の後をついていく。二人でエレベーターに乗り込んだ。ただ、その前にひと手間あり、エレベーターを呼ぶボタンを押す前に、玲美がセンサーにカードキーをかざした。

　こうしてからでないと、いくらボタンを押しても反応してくれないという。地下駐車場はオートロックの扉がないので、その代わりとなるセキュリティなのだそうだ。

　静かに動きだしたエレベーターの中で、幸一は問いかける。

「あの……れ、玲美さんは、ここで一人暮らしをしているんですか？」

　セックスサークルのために男を住み込ませようというのだ。家族が一緒にいるとは考えにくい。もしも一人で住んでいるというなら——では、彼女は独身なのだろうか？　幸一にとっては、とても気になることだった。

「ええ、そうよ」と、玲美は頷く。「今はね」

「……今は？」

「三年前に夫が亡くなったの。子供はいないわ。だから一人よ」

　幸一は、自分が不躾《ぶしつけ》な質問をしてしまったことに気づいた。

「す、すみません……」

「気にしないで。三年も経ったら、もうすっかり気持ちも落ち着いているから」

玲美は優しげに微笑む。それでも幸一はなにも言えなかった。玲美が未亡人だったということに対し、どう思っていいのかわからなくて複雑な気分だった。

喜んでいいような悪いような——黙ってうつむいていると、エレベーターが止まった。

最上階の十階でエレベーターから降り、通路に出ると、玲美は、向かって右側の一番奥の扉へと向かう。先ほどのカードキーを使って、彼女はその扉を開けた。

中に入るや、幸一は感嘆の溜め息を漏らした。

洒落《しゃれ》た作りの玄関は、まるでモデルルームのように綺麗で、真っ白な壁には少しのくすみもなく、傷一つ見当たらなかった。床には、マーブル模様のタイルがつややかに光っている。

まずは幸一が寝泊まりする部屋に案内された。「海は見えない部屋だけど、我慢してね」と玲美が言う。その部屋の窓から見えるのは、海の反対側の町並みだった。

それでも充分に良い眺めだったし、なにより幸一のボロアパートの一室よりずっと広い。十畳くらいありそうだ。エアコンもしっかりと備わっていて、ボロアパートよりも遥かに快適に過ごせそうである。

荷物の段ボール箱を置くと、次にリビングダイニングへ連れていかれた。

（うわ……凄っ……！）

高校の教室くらい広いリビングダイニングに、幸一は圧倒された。三十畳か、それ以上か。もう見当もつかない。

それだけの面積がありながら、家具類は意外と少なかった。

テレビの前に設置されたローテーブルとソファー、ダイニングテーブルに椅子など、リビングダイニングに必要なものだけを置いているみたいだ。収納といえば、壁際にあるサイドボードと、それにテレビ台くらいである。

贅沢なまでにゆったりとした空間だった。テレビは百インチあるのではと思えるほど大きく、L字型ソファーは優に六人、ダイニングテーブルは十人でも座れるサイズだが、部屋が充分に広いので、まったく違和感はない。

片づけ忘れた細々としたものが床に積まれていることもなく、掃除も行き届いていて、玄関同様、どこもかしこもピカピカだ。部屋の隅にガジュマルの鉢《はち》がなかったら、生活感がなさすぎて、少々息苦しく感じたかもしれない。

まるで芸能人の豪邸みたいだと、一般市民の幸一は唖然とするしかなかった。

ただ、幸一を驚かせたのは、部屋の様子だけではない。

リビングダイニングの片隅にあるソファーには、二人の女性が腰かけていたのだ。

幸一はゴクッと唾を飲み込み、すぐ隣の玲美に小声で尋ねる。

「あのお二人は……もしかして〝潮騒の会〟の……？」

「ええ、そうよ。二人とも、一昨日からうちに泊まっているの」

そう答えた玲美は、引き攣っている幸一の顔を見て、目をぱちくりさせた。

「どうしたの？　あ……もしかして、今日はまだお客さんがいないと思っていたのかしら。ごめんなさい、ここに来るまでに教えてあげれば良かったわね」

「い、いえ、別に、大丈夫です……ハハハ」

まさか初日から仕事をさせられるとは考えておらず、会員と初顔合わせをするのは明日以降だろうと思い込んでいた幸一は、にわかに緊張を高める。。

ソファーに腰かけている二人の女性の片方——タンクトップにデニムのショートパンツというラフな格好をした彼女が、こちらに向かって声をかけてきた。

「玲美さん、おかえりなさーい。疲れたでしょう。コーヒー淹《い》れる？」

2

「ありがとう、頂きます」と、にこやかに玲美は答えた。そして、

「幸一くんはどうする？　コーラなんかもあると思うけど」

「あ……い、いえ、僕もコーヒーをお願いします」

「OK、ホットとアイス、どっちにする？」と、タンクトップの女性が尋ねてくる。

幸一は、玲美と同じホットをお願いする。タンクトップの彼女は、リビングダイニングを横切って、キッチンでコーヒーの準備を始めた。ローテーブルには、二人の女性の飲みかけのカップが置かれている。

玲美に促され、幸一はL字型ソファーの短い方に腰かけた。斜め隣に座っている女性が、小さく会釈してくる。「ど、どうも」と、幸一も会釈を返す。

やがて、芳《こう》ばしい香りと共に、タンクトップの女性が戻ってきた。ローテーブルに二人分のコーヒーを置くと、彼女もソファーに腰を下ろし、自分の飲みかけのカップに手をつける。

「それじゃあ、お二人に紹介しますね。今日から住み込んでもらう広末幸一くんです」と、玲美が言った。

幸一は立ち上がってお辞儀をする。「よ、よろしくお願いします」

二人の女性も自己紹介をしてくれた。コーヒーを淹れてくれたタンクトップの人は岸辺《きしべ》霧子《きりこ》、そして幸一に会釈をしてくれた彼女は辻井《つじい》綾《あや》と名乗った。

霧子は明るく社交的な感じで、親しみやすい印象はセレブというよりも、〝近所の綺麗なおばさん〟という雰囲気である。

ただ、おばさんといってても少しもくたびれた様子はなく、タンクトップとショートパンツという若者的なファッションも妙に似合っていた。

一方、綾は物静かで、実に落ち着いている。

他の人の話に耳を傾《かたむ》けながら、そっと微笑んでいた。物腰柔らかな癒やし系の美熟《びじゅく》女《じょ》という感じである。

ただ、その目元には微かに憂《うれ》いのようなものが見て取れた。それが彼女の表情をなんとも色っぽいものにしている。思わず見入っていると、幸一の視線に気づいた彼女は、恥ずかしそうに顔をうつむかせた。

女たちは、幸一に近い方から、綾、霧子、玲美の順で座っている。霧子がやや身を乗り出して尋ねてきた。「ねえ君、ずいぶん若そうだけど、何歳なの？」

「じゅ……十九歳です」

「へえ、じゃあ大学生？」

「はい、あの、二年生です」

「ふぅん、そうなんだぁ。いいわね、若いわねぇ、うふふっ」

霧子はいかにもご機嫌だった。玲美が言っていたとおり、若い男と話すのが楽しくてしょうがないという感じである。

「じゃあ、あたしは何歳だと思う？」

「えっ……？」幸一は慎重に考えて、恐る恐る答えた。「さ、三十……二歳、くらいでしょうか？」

「ええー、それ本気で言ってる？　それともお世辞のつもり？」

「い、いえ、本当にそれくらいだと……」

「うふふっ、ざーんねん、三十六歳でしたぁ。ちなみにこちらの綾さんは四十二歳よ。そうは見えないでしょう？」

幸一は、え？　と目を丸くする。確かに綾は、この中では一番年上の印象だったが、四十を越えているとは思っていなかった。

顔にはそれらしい皺や染みも見当たらない。そして抜けるような白い肌だ。

「も、もう、霧子さんったら、会ったばかりの男の子に、いきなり年齢の話なんてしなくても……」

綾が顔を赤らめて抗議《こうぎ》する。しかし、

「いいじゃないですか、若くて綺麗だって褒めてるんですから」霧子はまるで気にしていない様子だった。「で、ちなみに玲美さんは三十五歳ね」

「……まだ三十三です」

若干険しい表情で玲美が訂正し、霧子は「あら、そうだったたっけ」とケラケラ笑った。どうやら霧子は人をからかうのが好きなようである。

ただ、彼女に悪意は感じられず、玲美と綾も本気で怒っている様子はなかった。

そして、霧子の標的がまた幸一に戻る。「さてと、それじゃ、せっかく来てくれた幸一くんに、なにかお願いしちゃおうかしら」

いきなりセックス奉仕か？　と、幸一は緊張に身を固くした。が、

「そうねぇ、とりあえず肩でも揉んでくれる？」

「え……肩揉み、ですか？」

「あら、そういうお願いはしちゃ駄目なの？」

ショートパンツから伸びた肉づきのいい太腿――それをムニュッと絡ませて脚を組み、霧子は悪戯《いたずら》っぽく笑う。

「幸一くんは、もっと別のお願いの方が良かった？」

「い……いえ、全然、その、駄目じゃないです」

また、からかわれた。セックスのことを考えていたのも、きっと彼女にはお見通し

だろう。幸一は頬が熱くなるのを感じながら、いそいそと霧子の後ろに移動した。

「でも僕、肩揉みはしたことないので……上手くなかったら、すみません」

先に謝ってから、霧子の肩に手を伸ばす。

しかし、霧子は振り返って言った。「あたしじゃなくて、綾さんの肩を揉んで」

「え？」

「見て、幸一くん。綾さんはほら、オッパイ大きいでしょう？　そういう人はね、肩がとっても凝《こ》りやすいの。そうですよね、綾さん？」

「ちょっ……む、胸なら、霧子さんの方が大きいじゃない」

綾は、恥ずかしそうに両手で胸元を隠す。

そう、霧子は巨乳――いや、爆乳の持ち主だった。

彼女の顔より大きい肉房が二つ、ブラジャーの形がくっきりと浮き出るほどに、タンクトップの胸元をパンパンに張り詰めさせていた。

ケラケラと笑ったときはもちろんのこと、コーヒーをすすったり、彼女がなにげなく身体を動かすたび、タプタプと双丘が重たげに揺れ動く。

幸一は先ほどから、それを見ないように見ないようにと頑張っていた。それでもやっぱり、何度かチラッと見てしまった。男の本能を揺さぶるほどの、実に丸々とした膨らみである。

　そして霧子の言うとおり、綾の胸も大きかった。霧子ほどではないが、間違いなく巨乳だろう。

「じゃあ、あの……」

　辻井さん――と言いかけて、幸一は、玲美の教えを思い出す。「あ、綾さん……僕でよければ、肩、お揉みしましょうか？」

「えっ……そ、そんな、私は別に」

「あら、揉んでもらえばいいじゃないですか」と、霧子が言う。「こんな若い男の子に肩を揉んでもらう機会なんて滅多にないですよ」

「だ、だったら霧子さんが揉んでもらったら――」

「それがあたし、どういうわけか全然肩が凝らない体質なんですよぉ」

　玲美が笑顔で言った。「霧子さんはとっても自由な人だから、肩なんて凝らないんでしょうね」

「なるほどねぇ、そうかもしれないわ。あははっ」

　霧子はあっけらかんと笑って、なおも綾に肩揉みを勧める。

「少しでも肩凝りがなくなれば、夜寝るのも楽になるかもしれないですよ？」

「あ……う、うん、そうね……そうかもしれないわ」

綾は、しばし考え込む様子を見せた。

やがて、はにかむような上目遣いで、幸一を見つめてくる。

「じゃあ……来たばかりで申し訳ないけれど、私の肩、揉んでくれる……？」

「あ……は、はい、喜んで」

幸一はいそいそと綾の後ろに移動した。

綾は、後ろ髪を一つ結びにしている。うなじから肩へと流れる、美しい首筋のラインが無防備に晒されていて、幸一はドキドキする。女の人に触れると思うと、やはり緊張せずにはいられなかった。微かに震える手で、綾の肩を揉み始める。

「んっ……」

綾の口から艶めかしい声が漏れた。幸一は跳び上がりそうになりながら、精一杯心を込めて彼女の肩を揉み続ける。

「ど……どうですか、こんな感じで……？」

「え、ええ、いいわ……。初めてって言っていたけど、とっても上手よ」

褒められて、幸一は嬉しくなる。

しかし、すぐに邪念が込み上げてきた。ソファーに腰かける綾の後ろに立っていると、彼女の肩越しに、胸元を覗《のぞ》き込むことができるのだ。綾のカットソーは襟《えり》ぐりが広く、ゆったりとした作りのため襟の奥を覗き見ることができる隙間があった。

（おお、ブラジャーが……オッパイの谷間も……）

チラリと、つややかなベージュのブラカップが見えた。美しい薔薇の刺繍《ししゅう》がちりばめられていた。

そして白い乳肉の膨らみも、その片鱗を見ることができた。

我慢できずに、さらに身を乗り出そうとしたとき、

「フー……」

綾が、憂鬱《ゆううつ》そうな溜め息を漏らす。

幸一は慌てて後ろに下がった。胸元を覗いているのがバレたと思った。「す、すみません……！」

しかし綾は、幸一の方へ振り向いて不思議そうな顔をする。少しも怒っていなさそうだった。やがてハッとした顔になり、否定するように手をブンブンと振る。

「あ……ううん、違うのよ、今の溜め息は……幸一くんの肩揉みに不満があったわけじゃないの」

綾は、胸元を覗かれていたことに少しも気づいていなかった。申し訳なさそうに弁

解する。

「ごめんなさい、私ね、このところ不眠症なのよ。毎晩あまり寝られなくて、それでいつも頭が重いの」

そのせいで、つい溜め息が漏れてしまうのだそうだ。

医者に診《み》てもらったところ、健康面や生活習慣には特に問題がないので、原因はやはりストレスでしょうと言われたという。

話を引き継ぐように玲美が言う。「綾さんのお友達にうちの会員がいてね、その人が綾さんを〝潮騒の会〟に誘ったのよ。ストレス解消にちょうどいいからって」

その後を、今度は霧子が続けた。「綾さんの旦那さん、全然セックスしてくれないんだって。美容整形クリニックの先生らしいんだけど、数年前に親から院長の座を引き継いで以来、毎晩、疲れた疲れたって、すぐに寝ちゃうそうよ」

「ふ、二人とも、彼にそんな話をされては困るわ……」

夫婦の性事情を赤裸々にされた綾は、顔を真っ赤にして縮こまる。

「いいじゃないですか。幸一くんはセックスの相手を務めるためにここに来たんだから、なにも恥ずかしがる必要ないですよ」

霧子はニヤニヤと笑っていた。玲美も頷く。

「性欲を満たすことは、男女問わず、とても大事なことですよ。それが綾さんの不眠の原因だとしたらなおさらです。早速、今からでも構いませんから――大丈夫よね、幸一くん？」

「えっ……あ……は、はいっ！」

すると綾は、手だけでなく首もブンブンと振った。「ちょっ、ちょっと待って。私はまだ、〝潮騒の会〟に入るって決めたわけじゃないから……！」

てっきり綾も会員なのだと幸一は思っていたが、どうやら彼女は体験入会のような形で来ているらしい。聞けば綾は、海辺のリゾート地で、四、五日ほど、ゆっくり過ごしたかったのだそうだ。いわゆる心の洗濯をすることで、不眠も改善するのではないかと期待して。

もちろん〝潮騒の会〟にも多少の興味はあって、今回は見学だけするつもりだったという。

「でも綾さん、明日帰っちゃうんでしょう？」霧子が言った。「ここに何日か泊まって、でもそんなに寝られなかったんですよね。だったら……そうだ、ハグだけでも試してみたらどうです？」

「ハ、ハグ？」綾は目を丸くする。「私とこの子が……だ、抱き合うってこと？」

「そうです、ギューッとしてもらうんです。前にテレビの健康番組でやってましたよ。ハグをすると、幸せな気持ちになれる物質が、脳みそからドバーッて出てくるらしいんです」

「オキシトシンのことですね」

玲美が詳しく説明してくれる。ハグをすることでオキシトシンというホルモンが分泌され、それによってセロトニン神経が活性化する――という。

セロトニンは、俗に〝幸せホルモン〟とも呼ばれる、脳を活発にする脳内物質で、特にストレスをやわらげるよう働いてくれるそうだ。セロトニン神経が活性化することで、その量が増えるらしい。

しかし、このセロトニンが不足すると、精神的にも肉体的にも不調が現れる。不眠になることもあるという。

「……そういうお話は、お医者さんからも聞かされたわ」と、綾は言った。「セロトニンを増やすために、朝起きたら、十五分、日光に当たるようにしているし、運動だって多少はしているのよ」

だが、あまり効果はないのだそうだ。

「そこで、ハグですよ」と、霧子が綾に迫る。「若い男の子に抱き締められたことありますう？　ないですよね？　想像以上に気持ちいいですよぉ。せっかくの機会なのに、試してみないなんてもったいないですって」

まるで不良が優等生を悪の道に誘い込もうとするように、霧子は囁き続ける。

「で、でも……」

困ったような顔で、それでいてどこか媚《こ》びるような眼差しで——綾はチラリと幸一を見た。

「やっぱり悪いわ。こんなおばさんを抱き締めさせるなんて……」

それは、幸一さえよければ自分は嫌じゃない——と言っているようなものだった。

玲美と霧子の視線を感じながら、幸一は胸を張って告げる。

「僕は……綾さんとだったら喜んでハグしますよ」

すると、綾がまた幸一を見てくる。

いっときは恥ずかしさで真っ赤になっていた彼女の顔は、今では頬がほんのりと色づく程度で、それがなんとも色っぽく見えた。

「そんなこと言って……あなたは女性の相手をするのが、つまりその、お仕事なんでしょう？　今のもお仕事だから、そう言ったのよね？」

「……はい、確かにお金で雇われて、ここに来ました。でも、綾さんはとても綺麗な人なので、こんな人を抱き締めてお金がもらえるなんて、本当に嘘でもお世辞でもなく、ラッキーだと思います」

幸一は恥ずかしくて身体中が熱くなる。恥ずかしいのは、本当のことを言っているからだ。

「まあ……」

そしてまた、綾の顔が真っ赤に染まった。

ただ、その表情には、恥ずかしさだけでなく確かな喜びが表れている。

綾はうつむいてもじもじしながら、ぼそりと呟いた。

「じゃ、じゃあ……お願いしちゃおうかしら……」

とはいえ、ここで玲美と霧子に見られながらというのは、さすがに無理だという。

「私の部屋に来てくれる……？」

幸一が頷くと、綾はおずおずとソファーから立ち上がった。

3

リビングダイニングを出て、玄関前にある階段を上る。マンションの一室でありながら、まるで一戸建てのように二階が存在するのだ。メゾネットタイプというのだと、綾が教えてくれた。

二階の廊下を進んで、一番奥に綾が泊まっている部屋があった。綾が鍵を使ってドアを開ける。彼女に続いて、幸一は室内に足を踏み入れた。

広さは、幸一があてがわれた部屋と同じくらいだった。置かれているものもほぼ一緒で、ソファーにテーブル、クローゼットなど。窓際にはパソコン仕事もできそうなライティングデスクがある。

幸一の部屋と違うのは、大きな窓から、広々とした海が眺められるところだった。海辺のリゾートホテルを思わせる見事なオーシャンビュー。こうして目の当《ま》たり《あ》にすると、さすがにちょっと羨ましくなる。

しかし今は、眺めに気を取られている場合ではなかった。

真っ赤な頬に手を当てて、綾が独り言のように呟く。

「ああ……なんだか物凄くドキドキしてきちゃったわ。本当に、こんなことしていいのかしら……」

幸一も緊張していた。激しい胸の鼓動が耳鳴りのように響いている。綾が「やっぱりやめるわ」と言ったら、それはそれでほっとしたかもしれない。

が、この癒やし系の美熟女を抱き締めてみたいという思いも抑えがたかった。

「……あまり深く考えずに、とりあえずほんの十秒くらいハグしてみませんか？　別にいやらしいことをするんじゃなくて、不眠症を治すためのことだと思って」

幸一は努めて爽やかに語りかける。淫らなことなど少しも考えていない、品行方正な好青年になったつもりで。

すると綾は、恥じらうような流し目で幸一を見つめ——やがて小さく頷いた。

「そ……そうよね。不眠症を治すため……せっかく幸一くんが協力してくれるって言うんだから……」

幸一に真っ直ぐ向き合い、両腕をそっと広げてくる。

「じゃあ……だ……抱き締めて」

生唾《なまつば》で喉を鳴らし、幸一は綾に近づいた。「はい……じゃあ、いきますね」

両腕を彼女の腰に回して、そっと身体を押しつける。

想像を超える感触に、幸一は目を見張った。彼女の身体は、玲美よりもさらに柔らかな熟《う》れ肉をまとっているようだった。

「ああん……」

幸一の首に両腕を絡め、綾が切なげな声を上げる。

「……す、すみません、なにか、変でしたか……？」

女を抱擁したのは初めてである。不手際でもあったのかと不安になった。が、

「ううん、幸一くんはなにも悪くないの。ただ、思っていた以上に気持ち良くって、
つい変な声が出ちゃっただけ。恥ずかしいわ……」

目線をはぐらかしながら、綾が呟く。

「ぼ……僕も、気持ちいいですよ」

と、幸一は言った。オキシトシンやらセロトニンのことはわからないが、

「綾さんの身体、柔らかくって、温かくって、とっても気持ちいいです」

「やだ……そんな言い方されたら、もっと恥ずかしくなっちゃう……」

綾は照れ笑いを浮かべ、イヤイヤと首を振る。

「けど、嬉しいわ……。ね、もっと強く抱き締めて」

「はい」

幸一が両腕に力を込めると、綾も同じようにした。お互い、相手の肩に頭を預ける
ような形になり、身体と身体がますます密着する。

(ああ、オッパイが押しつけられている)

たっぷり実った肉房が、ムニュッと押し潰れている感触——。

間近で感じる綾の匂いは、甘ったるいミルクのようだった。女体のぬくもりと混ざり合ったその香りを、幸一は、彼女の首筋に鼻を当てて、胸一杯に吸い込む。

「……綾さん、とってもいい匂いがします。これ、綾さんの身体の匂いですよね？」

「ああん、いやぁ……こ、幸一くんだって、いい匂いしてるんだからぁ。若い男の子の匂いって、なんだか、ああ、ウズウズしてきちゃう」

たまらないとばかりに、綾はさらに力強くしがみついて、くねりくねりと女体を揺らした。

身体と身体が擦れ合う。幸一は身体全体で彼女を感じていた。

それは実に心地良く、大学のキャンパスや街中で人目もはばからずに抱き合っているカップルたちの気持ちがわかる気がした。

ただ、これだけありありと女を感じれば、股間の息子も黙っていない。

（ああ、駄目だ、大きくなっちゃう）

ズボンの中でムクムクと充血を始め、瞬《また》く間に盛り上がった。

幸一は腰を引くが、それではハグの密着度が下がる。綾は「あぁん」と不満げな声を漏らし、自らの腰を押しつけてきた。

ズボンの膨らみが、彼女の下腹部にグリッと当たる。

「あ……!?」綾が驚いたような声を上げた。

「す、すみません、どうにも我慢できなくて……」

綾はしばし無言で——しかし、腰を引っ込めようとはしなかった。

やがて、

「う、ううん……別に構わないわ。男の子って、そういうものなんでしょう……？」

「ハ、ハハ……そうですね」

「ねえ……でも、それって……私みたいなおばさんの身体でも、少しはエッチな気分になったってこと？」

「それは……はい、もちろんそうです。あ、いや——」

幸一は首を振って訂正する。「全然、少しどころじゃなく、エッチな気分になっています。正直に言うと、さっき綾さんの肩を揉んでいたときから……」

幸一は、彼女の胸元を覗き込んでいたことを白状し、すみませんと謝った。

綾は「まあ……」と言葉を失い、しばらくしてからこう尋ねてくる。

「そんなに、私のオッパイに興味あったの……？」

「は……はい」

すると、綾はまた黙ってしまった。窓の外から響く、潮風の唸る音——。

やがてぼそりと、彼女は言った。

「じゃあ……オッパイ、触ってみる？」

「え……!?」

「あ、あのね、私もオキシトシンのことはそれなりに調べていて……赤ちゃんに授乳するときにも、乳首への刺激で分泌されるらしいの。だから、幸一くんが私の乳首を触ってくれたら……で、出るんじゃないかなって」

「え、ええ……それは……僕でよかったら、喜んで」

幸一は胸を高ぶらせて頷く。

綾が、首に巻きつけていた両腕をほどいたので、幸一も彼女の腰から離れた。

それじゃあ——と、早速、彼女の胸元に手を伸ばそうとする。しかし彼女は「待って」と言った。

幸一が戸惑っていると、不意に綾は、カットソーの裾をスカートから引っ張り出す。

（えっ……う、うわっ）

そして、大きくめくり上げた。あのベージュのブラジャーに包まれた膨らみが、すべて露わになるまで。

慣れた様子で後ろに手を回し、綾はブラジャーのホックを外す。

恥じらいの眼差しで幸一を一瞥した後、とうとう彼女は、ブラジャーのカップをずり上げた。

あからさまになったメロン大の肉房――。

なめらかで透き通るような乳肌はまるで白磁《はくじ》の如し。その膨らみの頂上は、薄桃色の乳首で彩られている。

「は、はい……触って……」

耳まで赤くした綾が、躊躇いがちに胸を突き出してきた。プルプルと、乳肉が微かに震えている。

「綾さん、あの」幸一は我慢できずに尋ねた。「オッパイ、何カップですか……？」

「……Gカップよ」

幸一は目を見張る。Gと聞いた途端、彼女の膨らみがさらに大きく感じられた。

ブラジャーの支えを失った肉房はしんなりと形を変えていた。これだけの巨乳なら、やむを得ぬことだろう。だが、確かな丸みは保ち続けている。

それに、熟れきって柔らかくなった果物のようで、なんともエロティックだった。四十二歳の美熟女の乳房としては、これこそがふさわしいと思える。

（まさか直接触れるとは思ってなかったけど――）

無論のこと、衣服やブラジャー越しよりも望むところである。広げた両の掌で、ゆっくりと下乳を包み込むようにした。途端に、驚くほどの柔らかさが掌に伝わってくる。

軽く指に力を入れると、まるで空気を揉んでいるような感触で、肉房はいともたやすく輪郭《りんかく》を歪《ゆが》めた。しかしすぐに、なにもなかったように元の形に戻る。

玲美の乳房に触ったときは、シャツの上からだった。やはり直《じか》に触れると感動が違う。五本の指を駆使して揉みまくり、左右にプルプルと揺らしてみたりして、女の身体にしかないその柔らかさを堪能《たんのう》する。

綾がクスッと笑った。

「やっぱり男の子ね。オッパイでそんなに夢中になっちゃうのね」

「あ……ハハ」幸一は我に返る。「す、すみません、つい」

「ううん、いいのよ。私のオッパイで喜んでくれる人がいるって、なんだか嬉しいわ。うちは娘が一人いるだけだから――」

やはり女の子は、早々に母親のオッパイに関心をなくすそうだ。

綾の娘がまだ幼稚園に通っていた頃、ママ友の息子が、自分の母親の胸に甘えているのを見て、ちょっとだけ羨ましくなったりしたという。

「旦那さんは？」と、幸一は尋ねた。「こんなに大きくてエッチなオッパイ、旦那さんが大喜びでしょう？」

「やだ……もう、エッチだなんて」綾は恥じらいながら、しかしまんざらでもなさそうである。「でも、夫も私のオッパイには、そんなに触ろうとしないのよ」

結婚当初からそうだったという。〝俺はオッパイなんてとっくに卒業したんだ〟とか、〝胸の大きさでお前と結婚したんじゃない〟とか言って、セックスのときにノータッチなことも珍しくなかったそうだ。

「へー、なんていうか……大人の男性なんですね」

「そうね、確かに私より一回り年上なんだけど……」綾は少しだけ眉をひそめる。「でも私は、誰かがこのオッパイに甘えてくれる方が嬉しいの。幸一くんが私のオッパイに夢中になってくれて、胸の奥がキュンってなったわ」

だからもっと、好きなだけ触って――と言い、綾は熱っぽく見つめてきた。

「そうですか。じゃあ……こうしたら、もっとキュンとします？」

幸一は、いよいよ薄桃色の乳首に触れる。左右の指先で、軽くこねてみる。

「ああんっ」

親指と人差し指でキュッキュッとつまんでみる。

「あ、あっ、キュンっていうか……ジ……ジンジンしちゃうぅ」

艶めかしい声を上げて身を震わせる綾。幸一の二本の指の間で、肉突起は瞬く間にコリコリと硬くなっていった。

「どうですか、オキシトシン、出てそうですか？」

「ああん、わ、わからないけど、多分、出てるわ。だって、とっても気持ちいいもの。やぁん、そんなに引っ張ったら……は、はううっ」

小指の先ほどの大きさに膨らんだ肉突起。それをいじりながら、幸一は先ほどの彼女の言葉を思い出す。

（赤ちゃんに授乳するとき、オキシトシンが出るって言ってたよな。だったら……）

幸一はさらに双乳を高く持ち上げ、二つ並んだ乳首の右側にパクッと食いついた。コリッとした舌触りを愉しみながらねぶり、チュパチュパと吸い立てる。

「あっ、んんんっ、いいわ、それ、もっとして、気持ちいいっ」

「はい、はむっ」

幸一は口を大きく開けて乳肉を頬張り、乳輪をなぞるように舌を這わせた。前歯を当てて、仄かな甘噛みを施したりもした。右の乳首が唾液《だえき》でドロドロになったら、次は左の乳首に狙いを変える。

綾は、幸一の頭を抱え、慈《いつく》しむようにそっと撫でた。

「あぁ、いいわ、いい……ふふっ、幸一くん、可愛いわ。赤ちゃんみたいにオッパイに吸いついて……くぅん、もっと、もっと強くして。痕《あと》が残るくらい……！」

頬が凹《へこ》むほど吸い立てると、綾は一番大きな声を上げた。熱い吐息で、幸一の前髪がサラサラと揺らされる。

さらに女体に奉仕するため、そして己の欲情を満たすために、幸一は行動を移した。いったん乳首から口を離し、

「綾さん、ちょっと自分でオッパイを持ち上げてみてくれませんか？」

「はぁ、ふぅ……え……こ、こう？」

綾は両手ですくい上げるようにして、自らの双乳を持ち上げた。

幸一は、空いた手を彼女の尻に回す。薄手のフレアスカートに指を食い込ませ、左右の尻たぶを力強く鷲づかみにした。

「ひゃっ」と、綾が小さく跳び上がる。

ムッチリと量感のある熟女らしい豊臀《ほうでん》だった。なんとも柔らかく、乳房よりも弾力のある肉がしっかりと詰まっている。

「ねえ綾さん、オキシトシンって、お尻を揉んでも出るんですか？」

「え……ううん、どうかしら……？　あ、んんんっ」

幸一は、女尻の熟肉を、少々荒々しく揉み始めた。

ときには左右の尻たぶを上下互い違いにこねたり、外側に引っ張っては、内側でペッタンペッタンと打ち合わせる。

「あうぅん、お尻の谷間が閉じたり開いたりして……ダ、ダメぇ、お尻の穴が、引き攣るうぅ。ああっ、ああん、乳首、蕩《とろ》けちゃううぅ……！」

さらに幸一は、改めて乳首を咥え込み、ねっとりと舌を這わせた。

健気《けなげ》に双乳を持ち上げたまま、綾は悩ましく身をよじり、喘ぎ続ける。

が、やがて片方の手を乳房から離し、その手を幸一の股間に伸ばした。張り詰めた若勃起のテントに掌を押し当ててくる。

「ああ、硬い……凄いわ、こんなに……」

潤《うる》んだ瞳に情火を揺らして、綾は幸一を見つめた。

「ね……お願い、見せて、これ……見たいの、幸一くんのオチ×チンが今、どうなっているのか」

綾の掌がゆっくりと上下に動き、ペニスの裏側がパンツの生地と擦れ合う。

「ううっ……わ、わかりました」

いったん綾から離れると、まずはズボンを脱ぐ。グレーのボクサーパンツは、出っ張りの頂点に先走り汁の染みがくっきりと浮き出ていた。

「まあ……こんなに漏らしちゃっていたのね。幸一くんったら……」

綾が、幸一の前にひざまずく。その表情は艶めかしくもありながら、我が子の世話をする母親のような、慈愛に満ちた微笑みにも見えた。

「ねえ、私にパンツを脱がさせて。一度、男の子のパンツを脱がせてみたかったの」

「はあ……ど、どうぞ」

少々恥ずかしい気持ちになるが、幸一は彼女に身を任せた。綾の手がボクサーパンツをゆっくりとずり下ろしていく。

ウエストの部分にひっかかっていた屹立が、ひっかかりが外れた瞬間、バネ仕掛けの如くブルンと跳ね上がった。勢いよく反り返る肉棒に、綾は「まあ……！」と目を丸くする。

「大きいとは思っていたけれど、直に見ると……す、凄いわぁ。それにとっても元気なのね。ね、触ってもいい？」

幸一が頷くや、肉棒に指を絡めてきた。彼女の指はひんやりしていて、なんとも気持ちいい。

だが、これからもっと気持ち良くなる。硬さを確かめるように何度か握った後、綾の指が優しくペニスを撫で始めたのだった。

三本指で竿を挟んで、スーッ、スーッと根元まで滑らせる。それから、いい子いい子と子供をあやすように、亀頭をそっと撫で回す。

淫らさよりも母性を感じさせる手つきに、幸一は仄かな心地良さと、不思議な胸の温かさを覚えた。

(気持ちいいけど……なんだか妙に落ち着く)

が、親指で裏筋をさすられると、さすがに肉悦が込み上げ、思わずウッと呻く。

「ふふふっ、今、オチ×チンがビクッてしたわ。気持ち良かったのね」

癒やし系とはいえ、綾も四十を越えた熟妻。どうすれば男が悦ぶのかは、充分に理解しているのだろう。ソフトなタッチでありながら、雁首や裏筋といったペニスの急所を確実に刺激してくる。

「若い子のオチ×チンって、不思議だわ。こんなに逞《たくま》しいのに、なんだかとっても可愛く感じられるの。ああ、ずっとこうしていてあげたい……」

うっとりとペニスに見入る綾。慈母の如き手と指で、幸一の息子を甘やかし続ける。

ただ、やはり射精感を催すほどの愛撫ではなかった。先走り汁は鈴口からドクドクと溢れているが、それ以上の高ぶりに至る気配はない。

「ああ、綾さん……ぼ……僕……」

「え……もしかして、出ちゃいそう……？」

「いえ、その……出したいんですけど、このままじゃ……」

「あ……そうよね。もう少し強く擦ってあげないと、さすがにイケないわよね」

綾は手筒で屹立を握り込んだ。手コキを施してくれるのかと、幸一は期待して待つ。

しかし――そこから先、綾の手は動こうとはしなかった。

幸一が怪訝《けげん》に思い、焦《じ》れていると、うつむいていた彼女は不意に顔を上げる。

「ねえ……せっかくなら、手じゃない方がいい……？」

「え……？」

「セ……セックス……する？」

そう言って、綾はまたうつむいてしまった。

4

幸一は跳び上がりそうになりながら答えた。

「は、はいっ、綾さんさえよければ、喜んで！」

「本当にいいの？　私みたいなおばさんでも……」

「僕、綾さんみたいな年上の綺麗な人、大好きです。むしろ僕の方が……その、セックスの経験が全然ないんで、きっと上手じゃないと思うんですけど、いいですか？」

「え……もしかして、幸一くん、初めてなの？」

いいえ――と言いかけて、幸一は口をつぐむ。

自分は昨日、セックスを知ったばかり。まだろくなテクニックも知らず、一度も女をイカせたことがないのだ。

自分のことを童貞だと思ってくれた方が、彼女の期待のハードルを下げることができていいんじゃないか――と、考える。

「え、ええ……あの、実は……そうなんです」

「女性経験がないのに、セックスの仕事を……？　ううん、それはどうでもいいわ」

戸惑いがちに綾が尋ねてくる。

「初めてのセックスを、私としたいの？　私が、幸一くんの初めての女になっちゃって……い、いいの？」

思った以上に綾が狼狽《うろた》えているので、幸一は少しばかり罪悪感を覚えた。

（いや、でも昨日のは、男と女のセックスというより、あくまでアルバイトの面接というか、試験というか……だからノーカンってことにしても問題ないよな）

都合のいい言い訳で自分を納得させ、はっきりと綾に頷いてみせる。

「綾さんが、僕の初めての人になってくれたら、とっても嬉しいです」

「まあ……」

綾は、あの物憂げな瞳を、今はひときわ大きくして驚きを露わにした。

しばらく言葉を失っていた彼女は、やがてその胸に手を当て、

「ありがとう、幸一くん。私……とっても感動しちゃったわ」

頬を火照らせ、潤んだ瞳で見つめてくる。

「こんなに嬉しくてドキドキするの、高校生のとき、同じクラスの男の子に告白されて以来かもしれない……。そのときはね、断ってしまったの。その子のこと、嫌いじゃなかったけれど、恥ずかしくて……でも、今は断らないわ」

綾は立ち上がると、カットソーを脱ぎ、宙ぶらりんのブラジャーを外した。

「私が、女の身体を教えてあげる。幸一くんはなにもしなくても大丈夫よ。全部、私がしてあげるから……」

そしてスカートも脱ぎ、パンティに手をかける。ブラジャーと同じ、薔薇の刺繍を

施されたベージュのパンティだ。

幸一の視線に気づき、綾は一瞬躊躇いを見せるが、それでも脱ぐのをやめなかった。

下腹が、恥丘が、徐々に露わとなる。

草叢は薄く、その分、柔毛の細かくカールしている様がはっきりと見て取れた。

股布が最後まで股間に張りついていたが、離れる瞬間、クチュッという微音と共に、透明な糸が女陰とパンティを繋ぐ——。

綾はパンティを、さっと他の衣服の下に隠してしまった。それから一糸まとわぬ姿を、おずおずと幸一に晒す。

「ご、ごめんなさいね。あちこち、お肉がついちゃっていて……」

「……いいえ、とっても素敵です」

確かに、昨日見た玲美の身体とは、あの完璧すぎる女体とは違っていた。

こちらの方が全体的にふっくらしている。ウエストにはしっかりと脂《あぶら》が乗り、女尻も丸々と実っている。

だが、皺やたるみなどはそれほど目立たず、足首などもそれなりにくびれていて、これはこれでなんとも趣《おもむき》があった。

そもそも、幸一が年上好きである理由の一つは、こういう熟れた女体にも魅力を感じるからである。

「物凄くエロくって、見ているとたまらなくなります。ほら、僕のチ×ポも……」

ペニスはますます盛り、鈴口からよだれをダラダラとこぼしていた。

「やだ、もう、エロいだなんて……。さ、さあ、幸一くんも脱ぎましょう」

当然のように綾が手伝ってくれる。というか、ほとんど彼女が脱がせてくれた。

膝の辺りで止まっていたボクサーパンツをずり下げ、

「じゃあ右足上げて。そうそう、次は左足……ふふっ、上手上手。次はTシャツね。はい、ばんざーい」

まるでちっちゃな子供の面倒を見ているかのよう。幸一も、幼稚園児に戻った気分で彼女に身を任せるのが、少々恥ずかしくも心地良かった。

二人とも裸になると、この部屋で一番存在感のある大きなベッドに乗る。ダブルよりもなお大きく、おそらくはクイーンサイズだ。マットレスもふかふかである。

綾に言われて、仰向けに横たわる幸一。綾は、幸一の腰にまたがる格好で、ベッドに膝をついた。

「……じゃあ、入れるわね」

綾の指が、剛直をつまんで垂直に立てる。「ああ、なんだか私の方も緊張してきちやったわ……。こんな大きなオチ×チン、初めてよ。ちゃんと入るかしら」

ゆっくりと綾は腰を下ろし、肉のスリットに亀頭をあてがった。

案の定、女陰はしっかりと濡れていて、ヌルリとした心地良い感触が亀頭を迎える。

「あう……ん……んんんっ」

悩ましく眉をひそめて綾が呻き、巨砲が少しずつ彼女の中に呑み込まれていった。

綾の不安とは裏腹に、出産経験のある膣穴は柔軟に口を広げ、太マラの幹を受け入れていく。

記憶に新しい玲美の膣穴と比べると、綾の方が締めつけは若干おとなしかった。

ただ、玲美よりもずっと温かい。燃えるような膣肉がペニスにねっとりと絡みついてくる。

(綾さん、手はひんやりしているのに、中はこんなに熱いんだ)

温かいということ自体が愉悦だった。快美感が、ペニスの根元に向かってじわじわと侵食していく。

幸一はまばたきも忘れて、挿入の様子に見入った。やがて亀頭が突き当たりに届く。

が、綾はなおも腰を沈め、とうとう幸一の腰の上にぺたんと着座した。

「あ、あ、すっごいわ、こんなに奥まで……お、お腹に穴が空いちゃいそう」

下腹に手を当て、綾はヒクヒクと爛熟ボディを戦慄かせる。

「大丈夫ですか……？」と、幸一は尋ねた。

「へ……平気よ、心配しないで。ちゃんと最後まで、ね、してあげるから」

綾は微笑み、何度か深呼吸をすると、緩やかに騎乗位の腰使いを始める。

尻を擦りつけるように前後に動かし、さらには円を描くようなグラインドも。肉棒がすりこぎの如く、グリグリと膣底をすり潰す。

(昨日、玲美さんが教えてくれたよな。確かポルチオだっけ)

膣底にある女の急所を自ら刺激し、綾は艶めかしい嬌声を上げた。

「あーっ……あ、あぁ、お腹の奥から痺れるようなこの感じ、久しぶりよぉ」

先ほどの話では、綾は夫とセックスレスだという。

「綾さん、セックスするのは何年ぶりですか？」

「んっ……三年か、四年ぶりよ。だから、アソコの中が敏感になってるみたい。そのうえ、幸一くんのオチ×チン、うちの夫のよりずっと大きいから……あん、ああん、こんなに気持ちいいの初めてかも……！」

子宮の入り口をたっぷりこね回した後、綾は嵌め腰を上下運動に切り替えた。まろやかな膣襞がペニスを擦り始める。

「うっ、んっ……ふふっ、男の人は、こういう動きの方が気持ちいいでしょう？」

「は、はい……あ、あぁ……」

綾の柔らかな膣肉は、締めつけに関してはやや物足りなくもある。

だが、その柔軟性により、膣壁がペニスの隅々に張りついてくるのだ。まるで高性能の歯ブラシの如く、雁のくびれにまで隙間なくフィットし、蜜襞で摩擦する。

先ほどのハンドマッサージで、焦らされながらも性感を高めていた肉棒は、熟壺の甘美な嵌め心地に、着実に射精感を募らせていった。

幸一の腹部に手をつくと、綾は丸尻のバウンドを利用して、嵌め腰を加速させる。

「あはっ、ああっ、いいわ、騎乗位の動き方、思い出してきたわ。ふっ、ふっ、うぅん、気持ちいいぃ」

ペッタンペッタンと餅をつくような音がどんどんテンポを速め、Ｇカップの柔乳が上下に躍った。

「あ、綾さん……ううっ……騎乗位、得意なんですか？」

「ふふっ、そうね、夫が昔、腰を痛めたことがあって、それからしばらくは、私がこうして動いてあげていたの。いろいろ練習したわ。たとえば、ほら……」

綾は両腕を後ろに回し、幸一の太腿に手をつく格好となる。

後ろのめりの背中を反らした体勢となって、腰を振った。まるで結合部を見せつけるような卑猥な動きで、幸一は目が釘付けとなる。

意外にも綾の女陰は、昨日見た玲美のそれよりもずっと初々《ういうい》しかった。ラビアの色は薄めのピンクで、サイズも小振りである。それが白蜜にまみれ、まるでシーザードレッシングで和《あ》えたサーモンのよう。

「ああ、綾さんのオマ×コがはっきり見えます。それにその腰の動き……滅茶苦茶いやらしいです」

綾は恥じらいながらも茶目っぽく笑った。

「うふふっ、そうでしょ……こうするとね、オチ×チンの当たり方がさっきと変わって、私も、いいのよ……うふんっ」

おそらくペニスの進入角度が変わって、Gスポットへの当たりが強くなるのだろう。女蜜が量を増し、肉棒に攪拌《かくはん》されて白く泡立ち溢れてくる。股間と股間がぶつかり合うたび、粘液にまみれた二枚の花弁が、ペニスの根元に張りついてはヌチャッと糸を引いた。

視覚からも官能を煽られ、幸一は、じわりと湧き上がってくる射精感に気づく。

（このまま、すべてを綾さんに任せて射精するのも気持ちいいだろうな……）

しかし、それでいいのだろうかと考える。幸一は、セックスで女に奉仕するためにここに来たのだ。それが自分の仕事なのだ。

もしかしたら、この後で玲美に、どんなセックスをしたのか質問されるかもしれない。なにもしないでただマグロになっていましたと報告したら、玲美に失望されるのではないだろうか。

それに——なにもしないまま終わっては、やはり男として情けない気がした。綾に対して申し訳ない。

幸一は両膝を立てると、腰を躍らせて肉棒をズンッと突き上げた。

綾が腰を落とす瞬間を見計らったので、ペニスの先が力強く膣底を抉《えぐ》った。

「はううっ！　こ、幸一くん、動いてくれるの？　いいのよ、別に、私に任せてくれれば……」

そう言う綾の呼吸は荒い。セックスというのはなかなかの運動であると、幸一も昨日、身をもって体験した。騎乗位のスクワットのような動きならなおさらだろう。女体はしっとりと汗を滲《にじ》ませている。

「僕だけ楽して気持ち良くなるのは、なんだか嫌なんです。僕も綾さんのために頑張りたい……。駄目ですか？」

「ああん、もう……そんな可愛いこと言っちゃって」

綾はふにゃふにゃと相好《そうごう》を崩し、幸一の上に覆い被さった。

「幸一くんがいけないのよ。年増《としま》の女をこんなに蕩けさせて……もう我慢できないんだから」

綾の美貌が近づいてくる。妖しい微笑みを浮かべた唇が、幸一の口元に迫る――あっと思ったときにはもう、幸一は唇を奪われていた。

初めてのキスに幸一が戸惑っている間にも、綾の舌が侵入してくる。歯と歯茎を舌先でなぞり、さらに奥へ。幸一の舌に絡みついてくる。

(おお……大人のキスだ)

ファーストキスで、いきなりのディープキス。幸一の頭は真っ白になった。

ヌメヌメとした舌同士が擦れ合い、くすぐったいような快美感が頭の中で渦を巻く。

彼女の唾液の仄かな甘さに気づくのは、しばらく経ってからだ。

幸一がその液体を飲み込むと、綾は嬉々としてまた流し込んでくる。幸一は、喉を鳴らして飲み下してから、自らもそっと舌を動かしてみた。

ヌチャヌチャ、クチュクチュという淫靡な音が、脳裏に響く。

彼女の鼻から漏れる乱れた息が、幸一の口元を撫でていった。

(キスって気持ちいい。それに……エッチだ)

舌の交わりに官能を高ぶらせた幸一は、止まっていた腰を再び突き動かす。

「んんっ……くちゅ、ちゅるるっ……むふぅ、れろ、れろれろっ……おぅん」

くぐもった呻き声を漏らしながらも、綾はキスをやめなかった。幸一の腋《わき》の下から両手を潜《くぐ》らせ、肩をつかみ、離さない、逃がさないとばかりにしがみついてくる。

幸一も、綾の腰を抱き締め、力一杯にペニスを打ち込んだ。

彼女の背筋に沿って指先を滑らせると、

「おうぅっ……うっ、ううぅん……んむぅ……！」

悩ましい声と共に、綾はビクビクッと女体を震わせる。膣口も小気味良い収縮を繰り返した。

(イ……イク……イキそうだ)

肌と肌で密着し、舌と唇で絡み合い、牡の棒と牝の穴で擦り擦られ——いつしか射精感は限界を超える寸前となっていた。

口が塞《ふさ》がれているので、綾の背中を叩いて、なんとか伝えようとする。

が、ジェスチャーが通じなかったのか、あるいは無視されたのか、綾からの反応はない。このままピストンを続けるべきか、悩んでいるうちにペニスは限界を迎えた。

「うむっ、ふむむっ……う、うぐううーッ!!」

綾の身体の一番奥で、白濁液が爆《は》ぜる。

いったん始まった射精はもう止まらない。肉棒を脈打たせ、繰り返しザーメンを女壷に注ぎ込んだ。

やがて射精の発作が治まると、綾はようやく唇を離す。

「いっぱい出たわね。お疲れ様……」

その顔には慈母の笑みを浮かべていた。彼女は絶頂を得てないだろうに、少しも責める様子はない。

しかし、幸一は気がすまなかった。昨日は玲美に中断されてしまったが、今日は違う。幸一は、彼女を抱き締めたまま身体を起こした。そのままベッドに押し倒し、素早く正常位の体勢に移行する。

「疲れてなんかいません。まだまだいけますよ。綾さんがイクまで頑張りますっ」

盛りのついた年頃の幸一に、一度の射精など準備運動のようなもの。パンパンに怒張し続けているペニスで第二ラウンドに挑んだ。若さに任せて腰を叩きつける。

「ええっ、そ、そんな、全然休まなくていいの？　あ、ああっ、信じられないわ。今出したばかりなのに……あううんっ」

綾は清楚な美貌に淫らな笑みをたたえると、ポルチオを抉られるのが、膣壁を雁の出っ張りで引っ掻かれるのがたまらないとばかりに、首を左右に振り乱した。

「あひっ、いいいっ、気持ちいいわ、ああっ……とっても上手よ、幸一くん。これで初めてなんて……くううっ、ダメ、こんなのすぐにイッちゃうわ……！」

「イッてください。綾さんがイクところ、見たいですっ」

今度こそ、女を絶頂に導きたい。その思いで、幸一は嵌め腰を轟かせる。クイーンサイズの高級そうなベッドが、若牡の渾身《こんしん》のピストンでギッシギッシと軋《きし》んだ。淫らによじれる女体。ますます乱れる呼吸。ヌラヌラと汗を滲ませた白い肌。

やがて綾は、切羽詰まった様子で声を上げる。

「ああっ、イッちゃうわ。私、幸一くんにイカされちゃう。ねえお願い、一緒にイッて。幸一くんと一緒がいいの……！」

「は、はいっ」

幸一も、新たな射精感の高まりを感じつつあった。彼女に追いつくため、猛然と腰をストロークさせて、肉棒を追い詰める。

だがそれは、ますます女体を追い込むことにもなる。綾は全身を戦慄かせ、シーツに爪を立てて、押し寄せる感覚に耐えながら、

「幸一くん、私の脚、閉じさせて！　そしたら幸一くんもすぐにイッちゃうと思うから……は、早くぅ！」

彼女がなにを言っているのかわからなかったが、幸一は指示どおりにした。彼女の左右の足首をつかんで持ち上げ、両脚を真ん中でくっつける。

膝は真っ直ぐに伸ばし、腰をくの字に曲げた状態だ。なんでも〝帆掛け〟という体位だとか。

新しい体位で抽送を再開し、幸一は彼女の言っていた意味を理解する。

（うわっ……い、今までより、ずっと気持ちいい！）

綾が股を閉じたことで、膣路が圧迫され、締めつけが強くなったのだ。

当然、ペニスへの摩擦感はアップし、快感も高まる。幸一は彼女の両脚にしがみつき、左右のふくらはぎの間に鼻面を埋めて、夢中になって腰を振った。

瞬く間に、強い射精感が込み上げてくる。これを我慢しなくていいということは、なんという至福だろう。

「綾さん、お待たせしました。僕も、もう、イキますっ」

「ああ、本当っ？　嬉しいわ、一緒に、イキましょうね――はああっ、ダメダメ、もう、んんんんっ、イク、イクッ、ウウウーンッ!!」

アクメの感覚を必死に我慢していたのか、幸一の言葉を聞いた途端、綾はプツッと糸が切れたかのように、呆気なく絶頂する。

彼女の足の爪先がギュギューッと丸まるや、燃え盛る膣肉が小刻みに痙攣《けいれん》を始め、そして最大級の膣圧でペニスを締めつけてきた。

「お、おうっ、出る……クウウーッ!!」

幸一はたまらず精を放つ。初めて女を昇り詰めさせた満足感と共に、大量の白濁液を噴き出した。自分の意思とは関係なく、腰がビクッビクッと痙攣する。

長い射精が終わり、ようやく腰が止まってくれると、幸一は溜め息をついてぐったりした。彼女の脚にしがみついていなかったら、間違いなく倒れていただろう。

セックスというのは本当に、オナニーの何倍も疲れる。

そしてオナニーの何倍も——いや、それより遥かに気持ち良かった。

5

しばらく呼吸を整えていると、綾が言った。

「幸一くん……ねえ……顔を見せて……」

今の幸一は、綾の両脚に隠れていて、彼女からは顔が見えないのである。

彼女の両脚を左右に広げ、顔を合わせた。汗だくの幸一の、射精の余韻に酔いしれている顔を見て、綾はにっこりと笑う。

「気持ち良かった……のね？」

「は、はは……ええ、とっても」

「それは良かったわ。ふふっ……私も嬉しい」

綾は両手を広げて幸一を促した。幸一が彼女の身体にゆっくりと覆い被さると、綾は幸一の首に両腕を絡め、またキスをしてきた。今度は舌先を軽く触れ合わせる程度の、後戯にふさわしいソフトなキスだった。

それから綾の朱唇が、幸一の下唇を挟んで引っ張ってきたりもする。幸一も真似をし、互いに相手の唇をついばみ合う。

「はむ、んちゅ……あん、凄いわ、幸一くん、まだ大きいのね」

幸一のペニスは未だ屹立し、綾の中に深く埋まっていた。

膣肉の壁はゆっくりと息衝いていて、そのわずかなうねりだけで、若勃起は萎える間もないのだ。

「綾さんさえ良ければ、まだできますよ」

「……もういいわ。充分満足させてもらったから」綾は苦笑し、首を振る。「でも、もうしばらく、このままでいてくれる？　今ね、私、とってもいい気分なの。頭も痛くないし、心も身体もふわふわしているわ……」

綾はごろんと寝返りを打ち、幸一を抱いたまま横臥の姿勢になった。それから幸一の頭を、己の胸元に抱え込む。

幸一の顔の下半分は、双乳の谷間に潜り込まされる形となった。汗の匂いと、ミルキーな甘い体臭が混ざり合って、幸一の鼻腔を満たす。クラクラするほどの濃密さだ。乳肌をペロリと舐《な》めてみた。やはりちょっとしょっぱい。

「あん……うふふっ」

綾はくすぐったそうに笑う。そして、それ以降はなにも言わなくなった。

「綾さん……？」

穏やかな呼吸の音だけが聞こえてくる。もう一度呼びかけても返事はなかった。どうやら幸一を抱き枕にして眠ってしまったらしい。

（オキシトシンとかいうのが、ほんとに効いたのかな……）

馥郁《ふくいく》とした女の香りに包まれて、幸一も少しうとうとする。

脂肪の塊である乳肉は、思いのほかひんやりとしていて、火照った顔を心地良く冷やしてくれた。

目を閉じると、たちまちのうちに意識が白く溶けていった——。

眠りの波が覚醒に近づき、幸一はハッと目を覚ます。

綾はまだ寝ている様子だった。幸一はそっと彼女から離れる。幸一の頭を抱きかかえていた腕が、するりとほどけた。

案の定、綾はまだ寝ていた。なんとも安らかな寝顔である。

幸一は、彼女を起こさないように気をつけながら、その身体にタオルケットを掛けてあげた。

ふと窓の外を見ると、空はだいぶ暗くなっている。もうすぐ日暮れだろう。

静かにベッドから下り、衣服を身につけて部屋を出た。リビングダイニングに戻る。

談笑する声が微かに漏れてくるドアを開けると、そこには玲美と霧子と——そして幸一が初めて見る女性がいた。

それが誰だか紹介される前に、霧子がニヤニヤ顔で尋ねてくる。

「お疲れ様ぁ。どうだった、綾さんは？」

幸一が綾となにをしたのか、明らかにわかっている様子だ。

サイドボードの上に置かれた時計を見ると、どうやら幸一は、三時間近く綾の部屋にいたようである。

性欲をみなぎらせた年頃の青年と熟れた人妻が、三時間、ハグだけしていたとは、誰も思わないだろう。

「あ、綾さんは、その……寝ました」

「そう、それは良かったわ。お疲れ様、幸一くん。あと一時間くらいで夕食だから、それまではくつろいでちょうだい」

優しくねぎらってくれる玲美。幸一は嬉しくなるが、先ほど綾に、自分は童貞だと言ってしまったことを思い出して、後悔の念が今さら込み上げてくる。

幸一にとって、玲美とのセックスは、一生の思い出となる大切な出来事だ。

それをなかったことのように言ってしまうなんて、まるで自分の心を裏切ってしまったような気がしてきた。

(綾さんは喜んでくれたけど……もう、あんな嘘をつくのはやめよう)

なんだか玲美と顔を合わせているのが気まずい。夕食の時間まで自分の部屋で過ごし、気持ちを改めようと思った。

その前に新しいお客を紹介された。名前は山城由花《やましろゆか》。二十九歳で、〝潮騒の会〟の中では一番若い会員だという。

黒のスキニーパンツがよく似合う、スレンダーな美人だった。

大きめの瞳は、目尻が吊り上がっていて、ちょっと気の強そうな感じである。

背の高さは百七十センチを越えているだろうか。平均よりやや低めな身長の幸一としては、なおさら気後《きおく》れしてしまう。

「ど……どうも、初めまして。よろしくお願いします」

由花はチラリと幸一の方を向き、にこりともせずに、

「――どうも」

とだけ言った。そしてコロッと表情を変え、楽しげに霧子とおしゃべりを始める。

幸一は呆気に取られた。どういうことだろう？　自分の挨拶の仕方が、なにか気に入らなかったのだろうか？　玲美を見ると、彼女は幸一に向かって、困ったような苦笑いを浮かべた。

その後、由花がこちらを向くことはもうなかったので、幸一はとぼとぼとリビングダイニングを後にした。

第三章　不機嫌若妻の濃密フェロモン

1

翌日、日曜日の朝。

幸一は、玲美と綾、そして由花と一緒にダイニングテーブルを囲み、朝食を頂いた。霧子はまだ寝ているそうである。

由花は、玲美とは実ににこやかに話していた。しかし綾とは、どこかぎこちない感じで、交わす言葉も少ない。そして幸一のことは——完全に無視していた。

昨夜、玲美がこっそりと教えてくれたのだが、由花はある種の人見知りで、初対面の相手にはいつもこうなのだという。

由花は、初めてここに来た綾とは、当然、昨日顔を合わせたばかりだ。それでも癒やし系の綾の雰囲気に心をほぐされたのか、ときにはちょっとだけ微笑みを浮かべたりもして、昨日よりは打ち解けた様子だった。昨夜は女四人で、ビールやワインを交わしながらそれなりに盛り上がったらしく、そのおかげかもしれない。

幸一はその飲み会には参加していなかった。未成年なので酒は飲めないし、男一人で大人の女子会に交ざる度胸もなかったのだ。

（由花さん、僕のことなんて、まるでいない人のようだ。僕とセックスする気も全然なさそうだな）

女たちのおしゃべりから察するに、由花がここにやってくる一番の理由は、玲美や霧子などの、仲のいい友達に会うためらしい。由花は、人見知りのうえに男の好みもうるさいらしく、玲美の雇った奉仕員が気に入らなければ、一度もセックスせずに帰ることも珍しくないそうだ。

一方、綾は幸一をいたく気に入ってくれていた。幸一に手料理を作ってあげたいからと、玲美と一緒に朝食の支度をしてくれたのだ。綾の作ってくれたフレンチトーストは、卵のしっとり感と芳ばしい焦げ目のバランスが絶妙で、幸一がもりもり食べると、綾は目を細めて喜んだ。

昼前に綾はマンションを後にした。最寄りの駅まで見送る幸一に、彼女は言った。

「私、〝潮騒の会〟に入れてもらうことにしたわ」

幸一とのセックスのおかげか、昨夜はぐっすりと寝られたそうだ。

日曜日の今日、周囲に大勢の観光客がいるなか、綾は幸一にそっと耳打ちした。

「家に帰って、やっぱり眠れなかったら、また来るわ。そのときは……また抱いてね」

マンションに戻ると、玄関で玲美が出迎えてくれた。

「お疲れ様。綾さん、とっても喜んでくれたわね」

これからもその調子でお願いね――と、玲美が褒めてくれる。女神のような微笑みに、幸一は有頂天になった。

リビングダイニングに入ると、由花がソファーでくつろいでいた。テレビのチャンネルをポチポチ替えて、結局、消してしまう。

「あーあ……それにしても霧子さん、起きてきませんね」

もちろん、玲美に向けての言葉だ。「そうねぇ」と玲美は、頬に手を当てて首をひねる。昼食をどうするか困っているのだった。もし霧子が起きてくるなら、四人分用意しなければならない。

「幸一くん、ちょっと霧子さんの様子を見てきてくれるかしら？」

玲美に頼まれて、幸一は霧子の部屋へと向かった。霧子の部屋は、幸一の部屋の真向かいだった。

彼女の部屋のドアをノックする。「霧子さん、そろそろお昼ですよ」

しかし返事はない。もう一度ノックをしても、結果は同じだった。

（もしかして、二日酔いで具合が悪すぎて起きれないんじゃないだろうか？）

昨夜の霧子はかなり飲んだらしい。心配になって、幸一はドアノブに手をかける。

（あ……それぞれの部屋には鍵がかけられるんだった）

そう思いながら、念のため、ドアノブをひねってみた。

すると、カチャッという音がして、ドアが開いた。酔っ払った霧子は、鍵をかけるのを忘れて寝てしまったようだ。

「し……失礼します」と、幸一は部屋の中に入った。

室内は薄暗く、幸一はカーテンを開ける。空は曇っていて、差し込む陽の光は弱かった。天気予報では午後から雨だという。

「大丈夫ですか、起きれそうですか……？」

と、幸一は呼びかけた。部屋の中は酒臭く、クイーンサイズのベッドの真ん中では、くしゃくしゃになったタオルケットから霧子の頭や爪先がはみ出していた。

「霧子さん、あの……」

「う、うーん……なにぃ？」

タオルケットの下で女体がもぞりと動き、霧子が薄目を開ける。

「あら、幸一くん……どうしたの、なにかあったのぉ？」

と、尋ねてきた。寝起きのハスキーな声がちょっと色っぽい。

「いや、玲美さんが様子を見てきてって……。もうすぐお昼ご飯の時間ですよ。どうしますか？」

「あー……うん、食べる食べる。今、起きるわ……」

霧子はのろのろと上半身を起こし、タオルケットがずり落ちた。

露わになった彼女の胸元を見て、幸一は目を丸くする。パジャマでもネグリジェでもなく、いきなりブラジャーが現れたからだ。

しかし、幸一はさらに唖然とすることになる。

億劫《おっくう》そうに霧子がタオルケットから這い出ると、今度は剝《む》き出しの股間が、女の三角恥帯が露わとなったのだ。そこには黒々とした縮れ毛がうっそうと茂っていた。

幸一の顔を見て、霧子はきょとんとする。が、すぐに納得した様子となり、

「ああ……アソコの毛が多くてびっくりしちゃった？　あたしね、一本一本の毛が太

いみたいなの。だからボーボーのほったらかしに見えちゃうけど、これでも一応手入れはしているのよ。ほら」

あっけらかんと大股を開いて、女陰の有様を幸一に見せつけてきた。

「ショーツからはみ出さないようにビキニラインは整えているし、大陰唇も綺麗に剃っているでしょう？　セックスのとき、大陰唇の毛がオチ×ポに巻き込まれて引っ張られると、物っ凄く痛いのよ」

確かに、霧子の恥毛は濃い。思い返すと玲美もやや濃いめだったが、霧子はそれ以上だ。玲美が草原なら、霧子は密林にたとえられるだろう。

しかし幸一は、陰毛よりも、女肉の割れ目の方に目を奪われていた。

ぱっくりと開いた肉厚の大陰唇の中で、朱色の牝花が大輪を咲かせている。

花弁は中心ほど色鮮やかで、アコーディオンの如くビラビラと波打っているところがいかにも使い込まれている感じだった。

(色も、形も……玲美さんとも、綾さんとも違う。オマ×コって、人によってこんなに違うんだ……)

だが、男の目を釘付けにし、劣情を煽ることに違いはなかった。ズボンの中のものがムクムクと蠢《うごめ》きだす。

幸一は慌てて視線を逸らすが、充血による膨張は止まらなかった。

「じゃ、じゃあ、霧子さんがお昼を食べること、玲美さんに伝えておきますね……」

いそいそと部屋を出ようとする。が、ベッドから離れることすら叶《かな》わず、霧子に腕をつかまれてしまった。

「な、なんですか……!?」

「まあ、待ちなさいよ、幸一くん」霧子はニヤリとする。「ここをこんなにしたまま、玲美さんたちのところに戻る気？」

霧子のもう片方の手が、幸一の股間をまさぐってくる。

イチモツは、すでに八割方、充血していた。そして霧子の掌が撫で回しているうち、呆気なくフル勃起を遂げてしまう。

「だって……それは、霧子さんのせいじゃないですか」

「あら、そうなの。じゃあ、あたしが責任を取って、これを小さくしてあげないといけないのね」

霧子の手が素早く動き、あれよあれよという間にズボンとパンツを膝までずり下ろされてしまった。そそり立つ若勃起とご対面した霧子は、ついさっきまで寝ぼけ眼《まなこ》だったのが嘘のように、見開いた瞳をキラキラと輝かせる。

「うわっ……すっごぉい！　話には聞いていたけど、こんなに大きいとは思わなかったわ。このオチ×ポが綾さんを夢中にさせたのねぇ」

どうやら昨夜の飲み会で、綾からいろいろ聞いたようである。いや、あの綾がペラペラしゃべるとも思えないので、きっと霧子が根掘り葉掘り聞き出したのだろう。

「うっふふふ、それじゃあ、お口でヌキヌキしてあげるわね。あ、それとも手の方がいい？」

霧子は手筒でペニスを握り、軽くシコシコと擦ってきた。

「あ、あううっ……」

いきなりの手コキの愉悦に身を震わせる幸一。しかし、

「いや、あの……口で、お願いします」

「ふふふっ、そうよね。普通、手より口よねぇ」

霧子がベッドの縁《ふち》に腰かけ、幸一はその前で直立する。霧子の顔と幸一の腰が、ちょうどいい高さで揃った。

霧子は肉棒に鼻面を近づける。亀頭に鼻をくっつけるようにして、スーッと深呼吸をする。

「はぁん……若い子のオチ×ポの匂い、たまらないわぁ。すううう、ふううう、もっと濃

くてもいいくらいよ」

若牡のフェロモンを胸一杯に吸い込んで、霧子はうっとりと呟いた。

そして舌を伸ばし、ペロリ、ペロリと亀頭を舐め始める。裏筋にも丹念に舌を這わせた。

「おうっ……そ、そこ、気持ちいいです」

「この縫い目みたいなところね？　男の人はみんなここが弱点よね。ふふっ、ちょっと塩味がして美味しいわぁ」

裏筋を舐められているうちに、幸一はたまらずカウパー腺液をちびらせる。すると待ってましたとばかりに、霧子は鈴口を舐め取った。

そして亀頭をパクッと咥え、首を振って本格的にしゃぶりだす。

固く締められた唇がニュルニュルと滑り、雁首や竿がしごかれた。霧子の唇はぷっくりとしていて、その分、摩擦感も大きかった。

（あ、ああ、これはすぐにイッちゃいそうだ）

あんまり早く果ててしまってはかっこ悪いので、高まる官能を紛《まぎ》らわすために、霧子に話しかけてみる。

「ううっ……あ、あの……なんでそんな格好で寝てたんですか？」

「むちゅ、にゅぷ、ちゅぷぷっ……ん？」

霧子はペニスを吐き出し、

「あたしね、裸で寝るのが好きなの。幸一くんもやってみなさいよ。さらさらのシーツに素肌が擦れると、とっても気持ちいいわよ」

唾液に濡れ光っているそれを指の輪でしごきながら答えた。

「で、でも……ブラジャーは、つけてるんですね……？」と、幸一はさらに尋ねる。

「ええ、これはナイトブラよ。寝ている間に左右に流れたり潰れたりしないよう、オッパイの形を守ってくれているの」

普通のブラジャーよりも締めつけ感は控えめで、睡眠の邪魔になるようなことはないのだそうだ。

「あたしはほら……見てのとおりオッパイが大きいでしょう？　だから、こういうケアを怠《おこた》ると、きっとすぐに垂《た》れてきちゃうと思うわ。若かった頃はともかく、もうすぐアラフォーだし」

話しながらも霧子は、言葉の合間にチロチロと亀頭を舐めくすぐり、手コキを施し続ける。唾液の潤滑剤《じゅんかつざい》によって、ヌチュヌチュと淫靡な水音が鳴り響いた。

指の輪っかが雁首の段差にひっかかるたび、強烈な快美感が込み上げる。

「ううう っ」と呻いて、歯を食い縛る幸一。

「んふふっ、そろそろイッちゃいそう？　いいわよ、思いっ切り出して。一番搾りのオチ×ポミルク、いっぱい飲ませてね」

霧子はそう言うと、また肉棒を咥え、勢いよく首を振った。唇でしごくだけでなく、舌を絡ませては、亀頭や裏筋に擦りつけてくる。

思わず幸一は腰を震わせ、彼女の口内でペニスが跳ねた。裏筋が引き攣る。

それをきっかけに、射精感が後戻りできない一線を越えた。

「おううっ、で、出る……出ますっ……く、く……クウウッ!!」

ビュビューッと、噴き出す精液が彼女の喉の奥を貫く。

霧子は苦しげに眉根を寄せたが、それも一瞬のこと。ゴクゴクと白濁液を飲み込みながら、少しでも多く搾りとらんとばかりに、竿の根元を指の輪でしごき続けた。

「ひいいっ……う……うおおっ……！」

苛烈な摩擦感に幸一は奥歯を噛む。

徐々に射精が鎮まり、やがて止まると、ようやく霧子はペニスを解放してくれた。

「んぐっ……ふうぅ、ごちそうさま。幸一くんのザーメン、とっても美味しかったわ。それになんだか頭もすっきりしちゃった」

霧子は昨夜飲みすぎて、若干二日酔い気味だったが、精液を飲んだことで気分が良くなったという。

「鼻にツンと抜ける青臭さのおかげで、頭がシャキッとするのかもしれないわ。これからも二日酔いになったら、また飲ませてもらおうかしら。いいわよね？」

「は、はい、喜んで」

それから幸一は、パンツとズボンを穿《は》いて、霧子の部屋を辞す。彼女は昨夜、風呂に入らずにそのまま寝てしまったので、今からシャワーを浴びてくるそうだ。

廊下に出た幸一は、射精の余韻に酔いしれながら、

「さて、どうしたものか……」と呟いた。

うつむいて下を向く。ズボンの股間は、未だありありと膨らんだままだった。ペニスは口淫の感覚を生々しく残し、ウズウズとし続けている——。

2

その日の午後、幸一はミスを犯した。

トイレで用を足した後、便座を上げたままにしてしまったのだ。幸一の実家でも、

使用後の便座は上げておくことになっていたし、アパートの自室のトイレも同様にしていた。だから、つい習慣が出てしまったのである。

もしも便座が上がっていることに気づいたのが、玲美や霧子だったら、それほど大事にはならなかっただろう。

が、便座が上がりっぱなしだったことに気づいたのは、由花だった。

そして不幸なことに、由花は用を足そうと便器に腰を下ろして、そのとき初めて便座が上がっていることに気づいたという。つまり便器の中にズボッと尻を嵌め込んでしまったのだ。

そのとき幸一は、玲美や霧子と一緒にリビングダイニングでくつろいでいたのだが、トイレの方から由花の悲鳴が聞こえてきて、思わずソファーから跳び上がった。霧子も、そして玲美まで目を丸くした。

トイレから戻ってきた由花は、怒髪が天を衝《つ》く勢いで、すぐさま幸一に嚙みついてきた。女は基本的に便座を上げて使用することはないので、犯人が幸一なのは明らかだった。

「なんで便座を上げっぱなしにしたの？　使い終わったら下げときなさいよ。常識でしょう！」

顔を真っ赤にし、カンカンになって怒っている由花。幸一は平謝りに徹する。

すると玲美が、まあまあと間に入ってくれた。

「確かに幸一くんも良くなかったけど、わざとじゃないんだから――ね、もうその辺りで赦してあげて」

「そもそも便器の蓋が開いている時点で、由花ちゃん、なんとも思わなかったの？」

と、霧子も口を挟んでくる。

便座はもちろんのこと、便器の蓋を開けっぱなしにする習慣の持ち主も、〝潮騒の会〟にはいないらしい。

「そ……それは、その……そのときはちょっと考え事していて、まさか便座まで上がっているとは思わなくって……な、なんですか、トイレで考え事しちゃいけないんですかっ？」

自分が責められているとでも思ったのか、由花は霧子に食ってかかった。

しまいには「もういいですっ！」と叫んで、リビングダイニングを飛び出し、メゾネットの内階段を駆け上っていってしまった。その後、荒々しくドアの締まる音が、一階のリビングダイニングにまで響いてくる。

幸一たちは、しばらく途方に暮れた。

「ま、まあ……これからは気をつけてね、幸一くん」と、玲美が言う。

「はい……すみませんでした……。あの、由花さんのことは、僕、どうすればいいでしょうか？」

セックスで女に奉仕する役目の自分が、その奉仕対象を怒らせてしまったのだ。クビにされてもおかしくない失態である。しかし、玲美も霧子も優しかった。

「そんなに心配しなくても大丈夫よ」と、霧子が慰めてくれる。「由花ちゃんは元々、感情の波の揺れが激しい子なの。きっとそのうち、なにもなかったような顔して部屋から出てくるわよ」

だが、由花は夕食の時間になっても、自分の部屋から出てこなかった。

玲美がドア越しに声をかけても、「いりません、食べたくありませんっ」と、頑《かたく》なに突っぱねてくるそうだ。

幸一は責任を感じずにはいられなかった。玲美も困り果てていた。

天気予報どおりに昼過ぎから降りだした雨。その雨音が、なおさら幸一たちの心をざわつかせる。リビングダイニングの沈んだ空気に耐えかねたのか、霧子は夕食後、さっさと自室に戻ってしまった。

夜の九時を過ぎた頃、夕食の後始末を終えた玲美は、由花のためにサンドイッチを作った。それを届ける役目を、幸一は買って出る。

玲美は少し悩んでいたが、「うん……じゃあ、お願いするわね」と、最終的には任せてくれた。

サンドイッチを載せた皿を持って内階段を上がり、由花の部屋の前に行くと、幸一はドアをノックする。

「由花さん、あの……玲美さんがサンドイッチを作ったので、持ってきました」

もう一度ノックをすると、部屋の中から怒鳴りつけられた。

『いらないわ！　持って帰って！』

案の定の反応だった。さらには、

『ああ、もう……私、明日帰るっ！』

幸一に向けてというよりは、癇癪《かんしゃく》混じりの独り言のように由花は叫ぶ。

取りつく島もなくて、幸一は、部屋の前にサンドイッチの皿を置いてリビングダイニングに戻ろうかとも考えた。

しかし――やはり、そう簡単に諦めるわけにはいかない。

お客をこんなに怒らせたまま帰してしまっては、せっかく綾のことで褒めてくれた玲美の期待を裏切ることになってしまう。幸一は呼びかけ続けた。

「由花さん、本当にすみませんでした。二度とあんなことのないように気をつけます。なんでもしますから、どうか赦してください。土下座でもなんでも――」

すると、勢いよくドアが開いた。

由花が、鬼の表情で睨みつけてくる。

「あ、あの……」

「入って」

それだけ言うと、由花は背中を向けてドアの前から離れた。リビングダイニングのものよりは一回り小さいソファーにドスンと腰かける。幸一はおずおずと室内に入り、そーっとドアを閉めた。そーっと閉めなければいけない気がした。

幸一が由花の方に振り向くと、彼女が先にしゃべりだす。

「なんでもするって、言ったわね？」

「え……？　あ、はいっ」

幸一は直立不動で返事をした。

すると由花は、無言で脚を組み直す。今日の由花は、昨日の霧子よりもさらに丈《たけ》の短いデニムパンツ――いわゆるホットパンツを穿いていた。すらりとした長く美しい脚が、太腿の付け根に近い辺りまで、惜しげもなく露わとなっている。

組んでいた脚をポンと手で叩き、彼女は言った。

「じゃあ、舐めなさい」

3

「え……？」

「なんでもするんでしょう？　だったら、足くらい舐められるわよね？」

由花は片方の足を、足首から爪先までピンと伸ばし、戸惑う幸一に向かって突き出してきた。

「どうしたの？　できないの？　だったら、今すぐ部屋から出ていって」

「い、いえ、やりますっ」

ソファーの前のローテーブルにサンドイッチの皿を置き、幸一は彼女の足下にひざまずく。

「……じゃ、じゃあ、舐めさせていただきます」

彼女の足を恭《うやうや》しく手に取った。顔を近づけると、微かに芳ばしい匂いが鼻先に漂《ただよ》ってくる。だが、

（思ったより、全然臭くない……）

幸一は、ほっとしながら彼女の足の裏を軽く一舐めした。

舐める前は、多少の嫌悪感や屈辱感《くつじょくかん》はあるんじゃないだろうかと思っていた。しかし、まったくの杞憂《きゆう》だった。美人の身体の一部を舐めていると思うと、むしろ興奮する。

逆に、由花の方が顔をしかめていた。まさか本当に舐めるとは思っていなかった様子で、戸惑いを露わにしている。

幸一が土踏まずの凹みに舌を這い回らせると、由花はくすぐったそうに身をくねらせ、細身《ほそみ》の美脚をビクッビクッと強張《こわば》らせた。

艶めかしい反応に官能を高め、幸一はさらに、由花の足の指をしゃぶった。指の股にも舌を差し込み、丁寧に舐め清めていく。仄かなしょっぱさと、ねっとりした脂の舌触りが、なかなかの美味でありながら倒錯した感覚を煽った。

「ちょっ……あ、あなた、そんなところまで舐めて……嫌じゃないの？　洗っていない足なのよ？」

今や由花の方が狼狽えていた。それがなんだかおかしくて、幸一は笑ってしまいそうになるのを堪《こら》えて答える。

「由花さんの足って、ほっそりとした指とか、土踏まずの凹みとか、とっても綺麗な形をしてますよね。だから全然気になりません」

「なっ……ち、違うわ。私が言っているのは形のことじゃなくって……バイ菌とか、つまりその、衛生面のことよっ」

「はい、わかってます。でも、こんな綺麗な形の足が汚れているなんて、僕にはどうしても思えないんです」

足の指の股を舐め尽くしたら、もう片方の足にも舌奉仕を施さずにはいられなかった。両手でそっと持ち上げると、足の裏に顔をくっつけ、指の股に鼻先を突っ込んで、そこに籠《こ》もった匂いを胸一杯に吸い込む。

「じゃ、じゃあ、なんで嗅ぐのよっ？」

由花が足を引っ込めようとするが、幸一はしっかりつかんで離さなかった。

「これが美人の足の匂いなんだなって思うと、なんだか嗅がずにはいられなくて」

「び……美人って……」

由花の頬に、ほんのりと赤みが差す。

が、すぐに険しい眼差しで睨みつけてきた。「そ、そんな見え見えのお世辞はやめて！　美人っていうのは、玲美さんみたいな人のことを言うのよっ！」

「はい、確かに玲美さんは美人だと思います。けど、由花さんだってそうです。玲美さんとはタイプは違うと思いますけど、美人なのは間違いないですよ」

嘘でもお世辞でもない。幸一は本心からそう言った。

ぱっちりとした彼女の吊り目は実に魅力的で、まるで愛らしくも気品に満ちた猫のようである。

もし彼女が、玲美や霧子としゃべっているときの微笑みを幸一にも向けてくれたら——きっとときめかずにはいられないだろう。

(由花さんは僕に全然興味ないみたいだし、そんなことはあり得ないだろうけど……)

由花は、顔を真っ赤にして黙り込んでしまう。

秘めやかな匂いを堪能した幸一は、心を込めて舐め尽くし、しゃぶり尽くした。

思えば玲美や霧子は、幸一の汚れたペニスを厭《いと》うことなく舐めしゃぶってくれた。

自分が今していることも同じなのだ。愛撫なのだ。そう考えると、舐め清める行為にもますます熱が入る。

「ああん……足の指をそんな、チュパチュパしないで……ひ、ひいんっ、舌先で、土踏まずをくすぐるの、やめっ……ストップ！　も、もういいわっ」

由花の足を手放して、幸一は尋ねた。

「じゃあ、赦してくれますか？」

由花は悔しそうに睨みつけてくる。

「うう……ま、まだよっ」

突然、ソファーから立ち上がった由花は——やけを起こしたかのようにホットパンツのボタンをいきなり外し、ファスナーも下ろした。

ギョッとする幸一の前で、勢いよくホットパンツをずり下ろす。蹴っ飛ばすみたいに左右の足首を引き抜くや、薄いブルーのパンティも続けて脱ぎ捨てる。

再びドスンとソファーに腰を下ろし、由花は挑むように言った。

「つ、次は、私のアソコを舐めなさい！」

「ええっ……!?」

「い……言っておくけど、私のアソコ、かなり匂いがきついのよ。一日穿いたショーツとか、自分でもちょっと引いちゃうくらいなんだからっ」

自分で言っておきながら恥ずかしくなったのか、由花は若干涙目だ。

「それでも舐められるって言うなら……さあ！」

ガバッと美脚を左右に広げた。はしたない大股開きで女陰を露わにする。

幸一は、呆気に取られながらもまじまじと見つめた。まず驚かされたのは、緩やかな恥丘の膨らみに、一本の毛も生えていないことだった。

「由花さん……それ、剃っているんですか？」

「永久脱毛しているのよ。少しでも蒸れないように。蒸れると、それだけ匂いが強くなるから……そ、そんなことはどうでもいいでしょうっ」

そうは言われても、幸一にとってはどうでもよくはない。二十九歳の大人の女の陰部が、まるで少女のようにツルツルだというのは、なんとも男の劣情を催させる光景だった。

なにしろ無毛の丘のすぐ下には、肉の割れ目がぱっくりと口を開け、少女にはあり得ないほどのしっかりとした花弁が開いているのである。

下半身は丸裸なのに、上半身はサマーセーターを着たままというチグハグさも扇情的だった。しかもサマーセーターは、身体の線が出やすいタイトな作りである。由花は巨乳ではなかったが、確かな丸い膨らみがはっきりと浮き出ていた。

（Bってことはなさそうだな。Cカップかな……？）

幸一は謝罪に来たのも忘れ、由花のエロティックな有様に見入ってしまう。

と、由花が股ぐらを両手で隠し、険しい顔で睨みつけてきた。

「……ちょっと、いつまでジロジロ見てるの⁉　舐めるのか舐めないのか、さっさと決めなさいよ！」

「あ……は、はい、舐めます、舐めますっ」

幸一はひざまずいたまま、彼女の股ぐらににじり寄った。由花は両手を女陰から離し、真っ赤な顔を羞恥に歪めながら、座面の縁のギリギリまで腰をずらす。割れ目がやや上向きになり、よりあからさまとなった。

（匂いがきついって、どれくらいなんだろう。そんなに凄いのか……？）

そんなことを考えながら女陰に顔を近づけていくと、不意に潮の香りが鼻腔を刺激した。

もちろん、部屋の窓は閉まっている。マンションの目の前に海があるとはいえ、潮風が入り込んでくるはずもない。

由花の股間のスリットに鼻先を近づけるほど、潮の香りは強くなった。これが彼女の匂いなのだと、幸一は理解する。なるほど、確かに濃い。女陰から十センチほどの距離まで顔を寄せると、強烈な匂いが鼻腔の奥を刺し貫いた。

ウッと呻きそうになる幸一に、由花がなぜか勝ち誇った顔をして言った。

「どう……？　く……臭いでしょう？」

しかし幸一は、首を横に振る。

「い、いえ……臭くはないです」

強がっているわけではない。想像を遥かに超える濃香ではあったが、決して悪臭ではなかった。

どんなにいい匂いも、濃くなりすぎれば悪臭になるという。たとえば香水も、原液を直に嗅げば不快に感じるそうだ。しかし由花の女陰の匂いは、嗅いでいると頭がクラクラしてきそうなほどなのに、不思議ともっと嗅ぎたくなってくる。

潮の香りのようでありながら、わずかに甘い香りも含《ふく》んでいて――

それは濃密な牝フェロモンという感じだった。牡を惑わせ、強く惹《ひ》きつける成分が混ざっているように思えた。アンモニアの微かな刺激臭すら、なんともいえぬアクセントとなっている。

花に誘われる蝶や蜂の如く、幸一は割れ目に口を近づけ、思い切ってペロッと舐めてみた。

(あれ……味はそんなに濃くないんだ)

強い塩味を覚悟していたが、足の指の股より多少しょっぱい程度で――そしてほんのりと甘かった。

絶妙な甘じょっぱさに食欲をそそられ、幸一はさらに舌を這わせていく。肉弁を始め、割れ目の内側は透明な分泌液に薄く覆われていたが、瞬く間に幸一の唾液がそれらを塗り替えていった。

「あんんっ……う、嘘、平気なの？　ううん、そんなはずないわ。仕事だから、必死に我慢してるんでしょう？　あ、いやん、そんな、引っ張らないでぇ」

小陰唇はまるでゴムのような弾力だった。幸一はビラビラの皺を伸ばし、表も裏も味がしなくなるまで舐め尽くす。

「ん、れろっ……全然、我慢なんてしてませんよ。確かに最初はちょっとびっくりしましたけど、嗅げば嗅ぐほど癖になる匂いで……それに由花さんのオマ×コ、とっても美味しいです」

「や、やだ、オマ……なんて言わないで。あっ……んんんっ！」

花弁の合わせ目にある部分を舌で擦ると、由花はブルブルッと左右の膝を震わせた。

（この皮の部分って、もしかして……）

幸一は舌先を尖らせて、さらにその部分を舐め続ける。すると皮の中で、なにかが膨らんできた。大きくなるほどにコリコリと硬い感触になっていく。

「ああん、そこは……あ、あっ、ダメ、はううぅ……！」

次の瞬間、皮がめくれ、中からピンクの肉粒がツルンッと顔を出した。

幸一も知識としては知っている。女の急所と名高い、クリトリスだ。

小指の先ほどに膨らみ、まるで真珠のように輝いている。初めて見るクリトリスに高揚した幸一は、剝き身となったそれにさらなる舌愛撫を施す。

下から上へ舐め転がしたり、舌先をグリグリと押し当てて圧迫したりした。

「あ、あぁ、ダメェ、ジンジンしちゃう……んんーっ、ううぅ、うくくっ」

悩ましげに首を振って身悶える由花。クンニに励む幸一の顔の横で、細身の太腿が絶えず小刻みに震えている。

幸一は、彼女の太腿の内側に掌を当て、怯える小動物を落ち着かせるみたいに優しく撫でた。あるいは指先をそっと当てて、スーッ、ススーッと滑らせる。

「やぁん、くすぐったい……はふぅ、あうう、んあああ……！」

細身であっても、やはり女の太腿。柔らかな肉のプニプニとした弾力が指に心地良かった。肌も瑞々《みずみず》しく、撫で心地も実になめらかだ。

「ほ……ほんとにもう、ダメ、このままじゃ……ひいっ、う、うぅんっ……！」

クンニ初体験の幸一は、いろいろと愛撫の仕方を模索していく。上下だけでなく左右に舌を動かしてみたり、ペチペチと舌先で弾くようにしてみたり、前歯で軽く挟んでみたりもした。

綾の乳首をしゃぶったときのことを思い出し、クリトリスを唇で包むようにして、チュッチュッと吸い上げてみる。

途端に、由花の声が切羽詰まったものになった。

「はひいっ!?　そ、それぇ、ああん、あうううッ」

どうやら吸うのが一番効くようである。幸一は頬が凹むほどに、肉豆を何度も吸引した。由花の悶え方がより激しくなり、高級ソファーがキシキシッと上品に軋む。

（ああ、由花さんが感じてる。もっともっと気持ち良くなってほしい……！）

頭の芯が痺れるような濃密すぎる牝臭に、いつしか幸一の理性は溶かされていた。自分がなにをしにこの部屋へ来たのかも忘れ、目の前の女を、このオマ×コを悦ばせることだけを考えるようになる。

幸一は中指で、肉溝の一番深いところを探ってみた。そこはもはや多量の蜜をたたえていて、指はヌルリと難なく膣口を潜り抜けた。

「ちょっ……こ、こらぁ、誰が指を入れろって——お、おふっ、ウウーッ！」

指の腹の感覚で、膣壁のザラザラした部分を探り当て、幸一は甘やかに引っ掻いた。

途端に由花の太腿が、幸一の顔をムギューッと挟みつけてくる。心地良い肉の弾力を頬に感じながら、幸一はクリトリスとGスポットへの同時責めを続けた。舐めては吸い、引っ掻いては圧迫する。

「あぁあ、ダメ、ダメェ、もうっ……！」

由花が両手を伸ばし、幸一の頭を強くつかんだ。

彼女の手からは、幸一の頭をはねのけようとする気配と、己の股ぐらに押しつけようとする気配、その両方が感じられた。

結局、由花はその手を迷わせたまま——

「イッ……クウウッ!!」

甲高いアクメの声を上げる。それと同時に、膣口の上にある小さな穴から、ピュピュッと生温かい液体を噴き出した。

(おお、これってもしかして……!?)

女の射精ともいうべき現象——潮吹《しおふ》き。AVなどでは見たことがあるが、まさか現実にお目にかかれるとは思っていなかった。

顎にかかった液体を指で拭《ぬぐ》い、好奇心に駆られてペロッと舐めてみる。特に味はしなかった。匂いもほとんど感じられない。

やはりオシッコとは違うのだと、幸一は感動に胸を躍らせた。

やがてオルガスムスの痙攣から解放された由花は、ぐったりとソファーに身を沈めた。荒い呼吸を繰り返しながら、ぼんやりと考える。

（まさかクンニで最後までイカされるなんて思わなかったわ。あの人は、一度もそんなことはしてくれなかった……）

4

あの人——由花の夫とは、もう三年以上セックスをしていなかった。由花が妊娠し、出産してから今日まで、夫が夜の営みを求めてきたことは一度もない。

由花は人形町の老舗《しにせ》料亭の娘で、夫はその店の板前だった。その夫は、実に大胆な性格の持ち主で、まだ見習いの頃から、経営者の娘である由花に言い寄っていた。

テレビの人気俳優にも負けないほどのイケメンである彼から、蝶よ花よとばかりに毎日持てはやされて、大学生だった由花はすっかり舞い上がってしまった。

そうして、親に隠れて交際を始め、求められるままに身体も重ねて——やがて妊娠した。

突然の妊娠報告に由花の両親は激怒したが、しかし堕《お》ろせとは言わなかった。彼と別れろとも言わなかった。いや、由花が言わせなかったのだ。彼と別れるくらいなら死んでやると、店の調理場に駆け込んで、その場にあった包丁をひっつかみ、喚《わめ》き散らしたのである。

そんな騒動を起こしてまで結婚したわけだが、しかしその後、彼の態度は徐々に変わっていった。かつてのようにちやほやしてくれなくなった。親に相談しても、夫婦とはそういうものだと、大して取り合ってくれなかった。

由花も多少は我慢することを覚えたが、しかしどうにも耐えがたいことがあった。出産して、しばらく経っても、夫がセックスをしてくれないのだ。

最初は、子供を産んだばかりの身体を気遣ってくれているのだと思った。だが、出産から三か月過ぎ、医者も問題ないと言っているのに、夫は夜の営みをやんわりと断ってくる。「疲れているんだ」「今日はそういう気分じゃない」などと言って。

その頃には夫は、料理の味付けを担当する〝煮方〟という仕事を任されるようになっていた。店の味を決める大事な役目で、責任も重大だ。いろいろとストレスもあるのだろうと、由花も一応は理解していた。

(でも……ああ、したい、セックスしたいわ。アソコが疼いてたまらない……)

昔はオナニーすらろくにしていなかった由花に性の愉悦を教えたのは、他ならぬ夫

である。それなのに結婚したらもう手を出さないというのは、釣った魚に餌をやらないようなむごい仕打ちだった
そのうえ——由花はあと数年で三十路《みそじ》を迎える年頃。

日々熟れゆく己の身体に悶々としながら、夫がその気になってくれるのをひたすら待ち続けた。

が、そんな由花がある日愕然とする。

ふとしたことから夫が風俗に通っていることを知ったのだ。妻の誘いを断りながら、自分はソープやピンサロで遊んでいたのである。

烈火の如き勢いで、罵詈《ばり》雑言《ぞうごん》の限りを尽くして由花が夫を責め立てると、最初は申し訳なさそうにうつむいていた夫も、次第に怒りを露わにして、こう反論した。

「お前はアソコの匂いがきつすぎる。そのくせ前戯にクンニをしないと赦さないだろう。鼻がおかしくなったら、料理の味もわからなくなるから、お前とはセックスしたくない」と。

由花は啞然とした。

彼は由花の女陰の匂いに辟易《へきえき》していたのだそうだ。それでも請《こ》われれば、なんとか堪《こら》えて舐めていた。だが、夫婦となった今、もう我慢する気にはなれないという。

それまでの由花は、自分の女陰の匂いが強いことに、もちろん気づいてはいた。だが、面と向かって指摘《してき》されたのは初めてだった。結婚する前の夫に、「私のアソコ、ちょっと臭い？」と冗談めかして尋ねたところ、彼は「別に臭くないよ」と言っていたが――あれは嘘だったのである。

そんなことがあってから、夫婦仲はぎこちなくなってしまった。そして由花にとって、女陰の匂いのことは強烈なコンプレックスとなった。

セックスレスとなった由花は、その後、セレブ友達の紹介で〝潮騒の会〟に入るが、どうしても自分の匂いのことが気になってしまった。もちろんセックス奉仕員の男たちは、由花の匂いのことはこれっぽっちも気にしていない様子だったが、しかし心の中ではやっぱり呆れているのではないだろうか、馬鹿にして嘲笑《あざわら》っているのではないだろうかと、そう考えずにはいられなかった。

（口ではなんと言おうと、この子だって……）

由花は、初めて口愛撫で自分をイカせた男――幸一をじっと見つめる。

「よく最後まで我慢できたわね……。わかったわ、あなたの忍耐力に免《めん》じて赦してあげる」

「ありがとうございます」と言って、幸一は嬉しそうに頰を緩めた。「でも、本当に我慢とかしてないですから」

「……嘘」

「嘘じゃないですよ。だって……ほら」

幸一はおずおずと立ち上がる。

彼のズボンの股間は、一目でわかるほどに大きく膨らんでいた。

「由花さんのアソコの匂いで、こんなに興奮しちゃったんです」と、はにかみながら幸一は言った。

由花は目を見開き、密《ひそ》かに生唾を飲み込む。

このズボンの膨らみが、本当に自分の女陰の匂いによるものなのか——それはわからない。ただ、外見から察するに、かなりの大きさの勃起のようだ。

クンニと指マンでドロドロに蕩けた肉壺、その奥の方から、ズキッと鈍い疼きが込み上げてくる。

「……脱いで、見せて」

「え……？」

「直に見ないと、信じられないわ。早く」

本当は、ただ見てみたいだけだった。鋭い目顔で促すと、幸一は「わ、わかりました」と言って、ズボンとパンツを膝まで下ろす。

　現れたのは想像以上の剛直だった。

　太く、長い幹は、猛々《たけだけ》しい青筋をボコボコと浮かび上がらせていて、そして堂々と胸を張るように反り返っている。

「うわ……」と、由花は思わず声を上げていた。気がついたら、手を伸ばして若勃起を握っていた。

（なんて、硬い……それに、ああ、熱いわ。オチ×チンって、こんなに熱かった？）

　まるで彼の真っ直ぐな熱意がこの肉の棒にギュウギュウに詰まっているようで、触っていると、彼が嘘をついているようには思えなくなってくる。このペニスは説得力の塊だった。

（本当に、私のアソコの匂いで興奮してくれたのね……？）

　なんて可愛い子だろうと、由花は胸を熱くする。力一杯にペニスを勃《た》たせている彼を見ていると、飼い主に向かって一生懸命に尻尾を振っている犬のように思えてくるのだった。

「……そうね、わかったわ。あなたのこと信じてあげる」

　ソファーの背もたれから起き上がって居住まいを正すと、由花は再び脚を組み、セレブマダムらしい威厳を取り戻してから彼に告げる。

「あなたの名前、広末幸一だったわね。じゃあ、これからは幸一と呼ぶわ。いいわね？」

「は、はいっ」

「いい、幸一？　確かに私は今イッたけど、だからって大人の……オ、オマ×コは、あの程度のクンニだけじゃ満足できないのよ。わかってる？」

「そ、そうなんですか……」

幸一はどこか腑に落ちない様子で、おずおずと尋ねてきた。

「でも、潮を噴いてましたよね……？」

「し、潮を噴こうが、それは……女の本当の満足とは別なのっ。潮を噴かせたくらいで調子に乗るんじゃないわよっ」

すっくとソファーから立ち上がり、女としては高身長の百七十二センチで彼を威圧する。幸一は慌てた様子で一歩退《しりぞ》き、腰を九十度曲げる勢いで頭を下げた。

「は、はい、すみませんでした……！」

それでもイチモツをそそり立たせたままなのが、なんともおかしい。由花は笑いを堪えながらサマーセーターを脱ぎ、インナーのキャミソールとブラジャーも脱いで、ソファーの隅にまとめて放り投げた。

頭を上げた幸一が「わっ……」と呟く。

そして、しばらくの間まばたきも忘れ、双乳に見入ってきた。

(凄い視線。乳首がチリチリするわ)

霧子の爆乳にはもちろんのこと、綾や玲美にも遠く及ばないCカップ。

しかし、下乳の丸みも豊かで、形の美しさでは負けていないと自負していた。乳首はツンと上を向いていて、色も鮮やかなピンクである。

若牡の視線に心の中でほくそ笑みながら、由花はすぐ隣のクイーンベッドに移動した。幸一を促して、彼もベッドに上がらせる。

「さあ、来なさい。あなたのせいでオマ×コに火がついちゃって、ウズウズが止まらないのよ。あなたのその、オ……オチ×ポで、責任持って鎮めてちょうだい」

仰向けに寝ると、すらりと長い自慢のコンパスを見せつけてから、M字に大きく広げてみせる。

「はいっ……が、頑張りますっ」

幸一は、由花の股ぐらの前に腰を下ろし、ビクッビクッと躍動し続けている若勃起の根元を握って、女陰に狙いを定めた。

肉の窪みに亀頭をあてがい、一呼吸の後、ズブリと差し込んでくる。

中指で多少ほぐされていた膣穴だが、彼の巨砲が潜り込んでくる瞬間は、由花もさすがに息を呑まずにはいられなかった。

（や……やっぱり大きい……あぁぁ）

押し広げられた膣口がパッツパツに張り詰めている。

そして深く、夫も知らぬ膣道の奥まで、肉壁を掻き分けて進入してきた。

少々苦しくもあったが、出産を経て柔軟性を増した女壺は、たっぷりの愛液に潤っていることもあって、さしたる問題もなく剛直を受け入れる。

痛みを覚えるどころか、思いも寄らぬ充足感に由花は酔いしれた。これだけの大物が入り込んでいるのに、異物感は欠片《かけら》もない。ペニスが入ってくるだけでこんなにも心地良く胸がドキドキするのは初めてだった。

肉棒の先端が一番奥まで届くと、幸一はふーっと息を吐いた。

深呼吸をした後、彼は「いきます」と告げて、緩やかに腰を振り始める。

（あ……ああ、いいわ。優しい腰の動き……）

由花のポルチオは、まだ性感帯として充分に開発されてはいなかった。夫の陰茎ではそこまで届かなかったからだ。

もし幸一が、いきなり激しく膣底を抉ってきたら、由花は愉悦よりも痛みを覚えていたかもしれない。しかし幸一は、ゆったりと船を漕《こ》ぐようなストロークで、トン、トン、トン――と、控えめなノックをポルチオに施した。

「それ、いいわ。オ……オマ×コの奥が、ジーンって心地良く痺れてくる感じよ」

「そうですか。じゃあ、しばらくこの感じで続けますね」

　幸一は一定のリズムで腰を振る。単調だが、その分落ち着いてポルチオの感覚に集中できた。徐々に快美感は高まっていく。

「あうん、うう、気持ちいいわぁ……。ねえ、幸一は？　私のオマ×コ、気持ちいい？」

「は……はい、由花さんのオマ×コ、入り口がキューッて締まって……おうぅ、とっても気持ちいいです」

「ふふっ、そうでしょ」由花は得意になって、にんまりと笑った。「二年前に出産したんだけど……うちの息子、生まれてくるときに三千八百グラムもあったの。巨大児寸前で、オマ×コの入り口、メリメリ広げられて、そのせいで出産直後は、ちょっとユルユルになっちゃったのよね」

「え……そ、それは大変でしたね」

「ほんとよぉ。元に戻すために……ふふふっ、膣トレ、頑張ったんだから」

「……膣トレって、なんですか？」

おしゃべりに気を取られたのか、幸一のピストンがだんだんなおざりになっていく。

由花は、幸一の膝をペチッと叩いた。

「後で教えてあげる。今はセックスに集中しなさいっ」

「あ……はい、すみませんっ」

すぐにピストンはなめらかな動きを取り戻す。由花はクスッと笑わずにはいられなかった。

（素直な子。本当に可愛い）

そして彼への愛おしさが高まると共に、ポルチオは性感帯として目覚めてゆき、じわりじわりと子宮を甘く痺れさせていった。

5

（僕はチ×ポが大きいから、オマ×コの穴が馴染むまで少し待った方がいいって、玲美さん、言ってたもんな）

玲美の言葉を覚えていた幸一は、様子をうかがいながら腰を振っていた。

ベッドに両腕を突っ張って、ちょっとだけ由花の身体に覆い被さるような格好で――丁寧に、愚直に、膣底をノックし続ける。

視線は、彼女の胸元に向いていた。ピストンに合わせて細かくプルプルと震えている乳房から目が離せなかった。

これまで幸一は、巨乳こそオッパイだと思っていた。レンタルビデオの店でAVを選ぶときも、まずはパッケージを見て、女優の胸の大きさを確認するところから始まった。

(由花さんのオッパイは、決して巨乳ではないけれど……)

それでも目の前に剝き出しの乳房があれば、やはり見ずにはいられなかった。それはきっと男の本能なのだろう。

(仰向けになっているのに全然形が潰れていないのは、本当に見事だな)

思わず手を伸ばし、その弾力を確かめてみる。果たせるかな、ゴム鞠《まり》のようなしっかりとした弾力が指を跳ね返してきた。

底抜けに柔らかい綾の巨乳も良かったが、張りのある由花の乳房も実に素晴らしい揉み心地である。掌にすっぽり収まる揉みやすさもグッドだ。

綾と由花の乳房──見て愉しむだけならやはり綾の巨乳の方が好みだが、揉み心地まで考慮して比べると、悩ましいほど甲乙つけがたかった。

夢中になってムニュムニュと揉んでいると、

「あぅん、んん、感じちゃう。乳首、弱いの……」

由花が熱い吐息を漏らす。そして、幸一の掌に当たる突起が硬く尖っていった。

幸一は、しこってきた乳首をつまみ、二度、三度と引っ張った。

ひときわ高い媚声を上げた由花が、艶めかしくその身をくねらせる。

「ああーっ、それ、いい……乳首をいじられながらオマ×コ突かれると、すっごく気持ちいいのぉ。ね、もっとして。乳首に、いろんなことしてぇ」

リクエストに応えて、幸一は乳首をこね回した。親指と人差し指でキュッキュッと押し潰し、左右にひねったりもした。由花の息づかいが荒くなり、彼女が嬌声を上げるたびに膣口が小気味良くペニスを締め上げてくる。

（おううっ、た、たまらない……）

膣口の肉輪で竿をしごかれ、幸一は射精感の高まりを覚えた。

もう、あまり長くは持たない。タイムリミットを悟った幸一は、限界を迎えるまでに精一杯の努力をしようと決意する。

由花の上半身に大きく覆い被さった。彼女は背が高いので、ちょうど顔の前に双乳がくる。Cカップの肉房を揉みまくりながら、膨らみの頂点にある肉突起にしゃぶりついた。

舌を縦横無尽に動かしてコリコリの突起を翻弄《ほんろう》し、ときに前歯で甘嚙みする。さらには乳輪ごとチュウチュウと吸い立て、そしてまた舐め転がした。

「あひいっ、オッパイ、気持ちいい。反対側も……そ、そう、ううううんっ」

「れろ、れろ、ちゅぱっ……ちゅるるっ、むちゅーっ」

左右の乳首を交互に口愛撫しながら、乳首から立ち上る香りにプクプクと小鼻を膨らませる。女陰と同じ、濃厚な潮の香りだ。

だが、舌を這わせているうちに匂いはどんどん薄まっていく。

鼻腔はさらなる刺激を求めていた。幸一は顔をずらして、彼女の腋の下に鼻先を突っ込んだ。生温かい湿気と共に、強烈な潮の香り——フェロモン臭が鼻の穴に流れ込んでくる。

(ああ、これだ、この匂い……!)

夢中になって胸一杯に吸い込み、頭の中心が痺れるような感覚に酔いしれた。

匂いを薄めてしまうとわかっていても、腋の下の窪みに舌を這わせずにはいられなかった。じっとりと汗を滲ませた腋窩《えきか》の肌肉は、塩味が効いてなんとも美味である。

匂いが薄れてしまったら、今度は反対側の腋の下に鼻面を移し、改めて新鮮な牝フェロモンを愉しんだ。さながら媚薬を嗅いだかの如く官能は高ぶり、ペニスはフル勃起を超えてさらに怒張して、鈴口からは止めどなく先走り汁が溢れ出す。

「ああん、う、うーっ……こ、幸一ったら、もう……」

肉悦に打ち震えながら、由花は呆れたみたいに微笑んだ。

「また、そんなところの匂いを嗅いだりして……あなたって、まるで変態だわぁ……あ、あうぅんっ」

「すーっ、ふうぅ……だって、嗅がずにはいられないんですよ。凄くエッチな匂いです。はぁはぁ、れろれろっ」

「や、やぁん、腋の下、くすぐったいわ。うちの夫はあんなに嫌がった匂いなのに、どうして幸一は……ああっ、こんなに夢中になっちゃうのかしら……？」

もしかしたら由花の夫は、自分よりも鼻がいいのかもしれない――と、幸一は考えた。由花の夫は料理人だというから、嗅覚が優れているというのもありそうなことだ。

しかし、匂いに敏感なせいで妻の牝フェロモンに我慢できなかったというのなら、なんとも皮肉な話である。

（まあ、実際のところはわからないし、もしそうだったとしても、どうしようもないよな）

そんなことよりも問題なのは——幸一の限界が着実に近づいていることだった。由花の強烈なフェロモン臭のせいで、余計にタイムリミットを早めてしまったかもしれない。

（できることなら、由花さんをイカせてから僕もイキたい……！）

思い切って、幸一は嵌め腰をヒートアップさせる。

拳の如き亀頭の膨らみを、これまでよりも強く、子宮口に叩きつけた。

もしも彼女が少しでも苦しげな様子を見せたら、すぐにやめるつもりだった——が、由花は悦びの声を上げ、喉を晒して首を仰け反らせた。

「あっ、ああっ……ウウーンッ！」

彼女の腋の下から顔を離し、幸一は尋ねる。「あの……痛くはないですか？」

由花はブンブンと首を振った。「だ……大丈夫、平気よ。ああ、奥って、こんなにも気持ちいいものだったのね。こんな、こんなの……は、初めてっ」

ねえ、もっと強く——と、由花が請う。

幸一はストロークを長くして、さらに勢いをつけて肉杭を打ち込んだ。これまで三、四センチ余らせていたペニスの根元が、すべてズッポリと膣穴の中に嵌まり込む。

腰と腰がぶつかり、パンッパンッパーンッと音が弾けた。

「おううっ、うぐぐ……ちょっと苦しいけど、そんなのどうでもいいくらい気持ちいい……奥だけじゃなくて、クリも、それに……んあああっ！」

幸一の恥骨が、腰を打ちつけるたびに、ずる剝けのクリトリスを押し潰していた。

さらにストロークが大きくなったことで、上反りのペニスの先端が、鉤爪《かぎづめ》のようにGスポットをグリッグリッと擦っている。

由花は半ば白目を剝き、狂おしげに全身を戦慄《わなな》かせた。

「はあ、ああっ、私、そろそろ……イッちゃう、イッちゃうわ……ああ、あああっ、凄いのが来る、来てるウッ」

女壺は蜜を溢れさせ、ペニスの抽送によってヌッチョヌッチョと泥濘《ぬかるみ》を搔き混ぜるような音を響かせる。

由花のアクメは近い。そして幸一の前立腺も、もはや決壊寸前だった。

「ああっ、由花さん、僕ももう……すみません、先にイッちゃうかもしれないです……で、でも、続けてできますから……！」

本日の射精は、午前中の霧子のフェラチオ、あの一回のみ。たとえ由花より先に果てしまってもペニスは萎えることなく、抜かずの連チャンが可能だろう。

が、由花はそれに納得してくれなかった。

「だ、駄目っ、私より先にイッたら……もう少しだから、が、我慢しなさい……！」

「ええっ……？」

「ああっ、んっ……初めて奥でイケそうなの。初めては、一回きりなのよ。幸一と一緒がいいの。お、男の子でしょう。頑張りなさいっ……！」

「ううぅ、は、はいっ……うぐぐぐ」

幸一は肛門にあらん限りの力を込め、さらに歯も食い縛って、荒ぶる射精感と必死に闘う。

アクメ間際の蕩けるような蜜肉が、雁首を、裏筋を、ペニス全体を擦り立てた。抜き差しするたび、ゾクゾクするような摩擦快感がもたらされる。

どんなに尻の穴を固く締めても、壊れた蛇口のように、先走り汁が絶えず浸《し》み出《だ》していた。もう、いつ射精が始まってもおかしくない。

（由花さん、早く、イッて……！）

由花の呼吸は浅く、吐息はねっとりと熱かった。その美貌に、苦悶と愉悦が交互に入れ替わっている。

「いいわ、そのまま……もうすぐだから、腰を止めちゃ駄目よ……そう、いい子……ああん、ううぅん、来た、来たぁ……！」

女体が、グググッと強張った。

彼女の手が狂おしげに蠢き、さながら溺れる者が藁《わら》をもつかむように、シーツを掻きむしりながら握り締める。

次の瞬間、由花は息を詰まらせ——

「イ……イイッ……グウゥ……ンンッ……!!」

噛み締めた歯の隙間から漏れたのは、もはや言葉とは判別しづらい唸り声だった。

言葉の代わりに、身体が如実に反応を表す。なにかに取り憑《つ》かれたかのように、由花は上半身を跳ね上げ、仰け反らせた。

活き活きとペニスを締めつけていた膣口が、さらに激しく、小刻みに、ビクビクビクッと痙攣する。

その反応で幸一は、彼女がアクメを極めたことを理解した。

もしそれが勘違いだったとしても、これ以上、幸一の忍耐は続かなかっただろう。狂おしげな膣口の痙攣でペニスを搾られ、たまらずザーメンを噴射する。

「うおっ……オオーッ!!　あっ、あっ、ウーッ!!」

ギリギリまで抑え込んでいた分、射精の勢いは凄まじく、白濁液をまるで小便のように放出した。

下半身の痙攣は恐ろしいほど長々と続き、腰と尻の筋肉に鈍い痛みすら覚える。

「ああーっ……出てる、出てるぅ……」

陶然と宙を見つめ、かすれた声で由花が呟いた。

「射精が……凄い勢いで、奥に当たって、気持ちいいのが止まらないわぁ……！」

どうやらザーメンが膣底に当たり続けることで、絶頂後の女体に、駄目押しの如き快美感を延々ともたらしているようである。それもまた、彼女のポルチオが目覚めたことによる恩恵なのかもしれない。

やっと射精の発作が鎮まると、幸一はぐったりと彼女の身体に倒れ伏した。

オルガスムスの駄目押しも途切れたのだろう。由花が深く息を吐く。

しばらくの間、幸一と彼女の荒い呼吸が交ざり合った。

外の雨はいつしか勢いが弱まっていて、パラパラという雨音が疲れた身体に心地良く沁みた——。

やがて彼女が言った。

「私がイクまで、よく我慢してくれたわね。ふふふっ……偉いわよ、幸一」

優しい声だった。彼女の手が、幸一の頭をよしよしと撫でる。

「……私、一生忘れないわ。セックスで、こんなに嬉しくて、こんなに幸せな気持ちになったの、初めてよ」

甘い言葉がくすぐったくて、幸一は由花の顔が見られなかった。

ゆっくりと上下する乳クッションに横顔を当てていると、彼女の心臓の音が聞こえてくる。ドクンドクンと高鳴っている。由花の高揚が伝わってくるような気がした。

思い切って顔を上げると、由花は美貌に汗を滴《したた》らせ、満足げな顔をしていた。

幸一と顔を合わせた彼女は、気の強そうな、あの吊り上がった瞳を、愛おしいものを見るように細めた。そして、なにかを言おうとするが——

彼女のお腹から、クーッという音が鳴る。

由花は顔を赤くし、だがすぐにクスクスと笑いだした。幸一も笑った。

「お腹が空いたわ、幸一」

「はいっ」

幸一は起き上がって結合を解くと、ローテーブルに置いたサンドイッチの皿を急いで取ってくる。

どうぞと差し出すと、彼女は身を起こし、イヤイヤと首を振った。

「食べさせて」と言って、あーんと口を開ける。

「わ、わかりました」

幸一は、由花の口元にサンドイッチを運んだ。

なんだか妙に胸が躍る。気がつけば、彼女に奉仕することが楽しくなってきている自分がいた。

幸一の手からサンドイッチを食べつつ、由花は幸一の頭をまた撫でる。

「食べ終わったら、もう一回しましょう。まだできるわよね、幸一？」

「はい、もちろんっ」

未だそそり立つペニスを、幸一は元気よく跳ね上げた。

6

二人の二回目の交わりが始まると、玲美は、由花の部屋の前からそっと離れた。

(良かったわ。由花さん、すっかり幸一くんのことを赦してくれたみたいね)

幸一が責められているのではないだろうか——と心配した玲美は、悪いと思いながらも由花の部屋のドアに耳を当て、盗み聞きをしていたのだ。あんまり酷い様子だったら止めに入るつもりだった。

しかし、まさかセックスが始まるとは思っていなかった。

(幸一くんって不思議な子ね。あんなに怒っていた由花さんが……)

あられもない由花の嬌声から、どれだけ激しい情交が行われているのか想像し、玲美は女体を熱く火照らせてしまった。

自室に戻っても身体の熱は冷めず、女の中心はますます疼くばかり。

すぐさま衣服を脱ぎ捨て、ソファーに寝っ転がる。オナニーをするときは、いつも全裸になった。パンティには案の定、大きな濡れ染みが広がっていた。

がっつくように割れ目をいじり始める。片方の手でクリトリスを剝き身にして撫で回し、もう片方の手は、中指で蜜穴をジュポジュポとかっぽじった。

(ああ、私もセックスしたい。身体の疼きを鎮めてほしいっ)

それは今に限ったことではない。三年前に夫を亡くしてから、わずか半年足らずで、玲美の身体は夜泣きするようになっていた。

性に飢えた女の切なさや苦しみを知ったからこそ、セックスのためのサークル〝潮騒の会〟を立ち上げたのである。

しかし、予想外のことがあった。

金で雇った男に抱かれ、たとえ絶頂を得たとしても、その後に言いようのないむなしさが襲ってきたのだ。自分は遊びのセックスが性《しょう》に合わない質《たち》なのだと悟った。きっと自分を愛してくれる男とのセックスでなければ満たされないのだ、と。

だが、自分以外の会員の女たちは、ただ快楽を得るだけのセックスを意外と愉しんでいた。最初は四人で始めた〝潮騒の会〟も、口コミのおかげで、今では会員が二十名を越えている。今さらやめるわけにもいかない。

同じ屋根の下で、他の女たちは肉交の快楽を享受しているというのに、自分は今日もオナニー。

せめて、自分を愛してくれる男に抱かれている——という妄想で、己を慰める。

妄想の男は、幸一だった。

好きです、愛していますと囁きながら、バックから激しく突いてくる幸一。そんな彼の姿を脳裏に思い浮かべた。

「ああん、ダメよぉ。十四歳も年が離れているのよ。こんなおばさんを本当に愛してくれるの……？」

妄想の幸一は、もちろんですと、玲美の望み通りに答える。そして、なおさら激しく腰を振るのだった。

より脳内イメージにシンクロさせるため、玲美は仰向けからうつぶせに体勢を変える。四つん這いだと両手が塞がってしまうので、後背位のイメージで女尻を持ち上げながら、上半身は顔と胸元で支えるようにした。

それから彼のペニスに見立てた二本指を膣穴に差し込み、ズボズボと抜き差しする。

「あん、あん……ひっ……くううっ……！」

だが、この程度では物足りない。玲美の膣穴には、彼とセックスをしたときの感覚が、未だ生々しく染みついているのだ。

（幸一くんのオチ×チンは、もっと凄かったわ）

挿入する指を三本に増やしてみる――が、無駄だった。

しょせん指では長さが足りない。肉路の奥底までグイグイと押し広げられるような、あのときの拡張感には遠く及ばなかった。

（ディルドなら、もっと奥まで届くはず……ああっ）

やがて膣壺のもどかしさに耐えられなくなり、やむを得ずオナニーを中断する。

玲美の部屋は、二つの部屋が繋がっていた。奥の方の寝室に駆け込むと、ベッドの底に備えつけられた引き出しを開けて、中のものを引っ掻き回す。お目当ての大型デイルドを見つけると、よだれを垂らして待っている肉穴にすぐさまねじ込んだ。

「ふおっ……お、おほぉ、ううぅっ……！」

大きさは申し分ない。玲美は床に寝っ転がってマングリ返しの格好になり、猛烈なピストンを自らに施した。頭の中では幸一が、今度は玲美の身体に覆い被さって、まるで真上から杭を打ち込むかのような嵌め腰を轟かせる。

「ああーっ、凄いわ、子宮まで響くぅ。はっ、はあっ、うっ、んんっ……いいわぁ、クリトリスも……っ、潰れちゃいそうっ」

幸一の恥骨が打ちつけられている様をイメージし、空いている方の手で肉豆を押し潰した。フル勃起状態で包皮もずる剝けとなったそれを、ぺちゃんこにする勢いで容赦なく圧迫する。

「ンヒイイッ！　いい、イクッ、イッちゃうわ。幸一くんも……ああん、イキそうなのね。いいわ、出して、私の中に思いっ切りぶちまけて……！」

淫蜜が膣口から飛び散るほどのラストスパート。模造の巨根でポルチオを抉り、Gスポットを掻きむしった。押し潰すだけでは足りなくて、クリトリスを指でつまみ、左右にひねり上げる。

「ひぎいぃ、イクッ、イクイクッ……ウグゥーッ!!」

痛みすら覚えながら玲美は絶頂した。

「……ハア、ハア、ふうぅ……あぁぁ……」

女体の痙攣が治まると、肉穴からディルドを引き抜く。

気づけば、妄想の幸一はどこかへ行ってしまった。玲美の手にあるのは、本気汁の白いドロドロにまみれたただの人工ペニスだった。

玲美は手脚を投げ出して、溜め息をこぼす。

ぽっかりと空いたままの膣口は、今の自分の心を表しているようだった。

第四章　好色妻のぬめる艶肌

1

それから四日ほど、幸一はほぼ由花専用となった。

大学に行っている時間以外は、由花が幸一のことを離そうとしなかったのだ。べったりとくっついて、あれやこれやと命令をしてくる。

「コーヒーを淹れて」「肩を揉んで」程度にとどまらず、「ポテトチップス買ってきて」からの「手が汚れるから、食べさせて」や、果ては「足の爪を切って」「腋毛の処理を手伝って」まで——。

しかし、それは由花が、幸一に気を許したからだろう。それがわかるから、幸一も嫌な気はしなかった。

一緒に出かけることもあった。マンションの近くに、パンケーキで有名なカフェがあり、由花に連れていかれた。テレビで紹介されたこともあるらしく、小雨が降っている天気でも、店内はほぼ満席だった。

客はほとんどが女性。男性客も多少はいたが、ことごとく女性連れ——若いカップルたちだった。彼女いない歴十九年の幸一には足を踏み入れづらい空間で、ドキドキしながら由花の後ろについていく。

由花の奢《おご》りで、注文は彼女に任せた。やってきたパンケーキには、高さ十五センチほどのホイップクリームが山盛りとなっていて、幸一は度肝《どぎも》を抜かれた。

「私も、さすがにこれを一人では食べきれないのよ。半分よろしくね」と、由花が楽しそうに言った。

ホイップクリームの山を崩しながら、どうして〝潮騒の会〟のアルバイトをしているのか、由花が尋ねてくる。

幸一は事情を話した。親友が車の事故を起こしたこと、修理代を払えずに夜逃げしてしまったこと、玲美がボロアパートにやってきたことなどを。

「ふぅん、じゃあもしかしたら、幸一じゃなくてその西村くんが、玲美さんの家に来ていたかもしれないのね」

「そうですね、僕が余計なことを彼に吹き込まなければ……」

「そう……。だとしたら、その子には悪いけど、私は幸一が代わりに来てくれて本当に良かったわ」

そう言って由花は、その目に温かな笑みをたたえ、じっと幸一を見つめてくる。

幸一は恥ずかしくて、つい顔を逸らしてしまった。玲美に想いを寄せている身だが、綺麗な年上の女性からそんなふうに見つめられると、やはり胸が高鳴らずにはいられない。

その晩は、特に激しく由花と交わった。

日付が変わっても彼女は幸一を離さず、結局、裸と裸で絡み合いながら眠った。

そして翌日、幸一がいつものように大学へ行く準備をしていると、由花が別れの挨拶をしてきた。そろそろ家に帰るという。昼前にはここを出るそうだ。

彼女には二歳の息子がいるので、そうそう一人で旅行に出るわけにもいかず、幸一のバイト期間中にまたここに来れるかはわからないという。

「もし東京に来ることがあったら、うちの料亭に是非来てね。一番高いコースをご馳走するわ」

由花は、大学へ行く幸一を見送るために、ペントハウスの外までついてきた。エレベーターに一緒に乗り込み、幸一が一階のボタンを押す。

エレベーターが動きだすと、突然彼女にギュッと抱き締められた。

強い抱擁だった。由花はなにも言わなかった。

エレベーターが一階に着くまで、幸一も黙って彼女を抱き締めた。

2

その日の夜、幸一が風呂に入っていると、洗面脱衣所に誰かが入ってきた。

「幸一くん、ちょっと話があるんだけど、いい？」

「は、はい」

霧子の声だった。シャンプーの途中だった幸一は、話ってなんだろうと思いながら髪の毛をシャカシャカと泡立てる。

と、扉の開く音がした。幸一は慌ててシャワーで頭の泡を流す。

振り返ると、一糸まとわぬ姿の霧子が立っていた。

「えっ……は、話って、一緒にお風呂に入りながらですか？」

「そうよぉ。別にいいでしょ？　二人で入っても、全然狭くないし」

確かに、ここのバスルームは高級リゾートマンションにふさわしく、二人どころか三人で入っても余裕があるほどの広さだった。もちろん浴槽も大きい。

霧子は堂々と裸体を晒していた。幸一もつい遠慮なく眺めてしまう。

熟れた女体の圧倒的な肉感は目を見張るほどだった。ここ数日、スレンダーな由花の身体を見続けていたため、なおさら迫力を感じた。

(この前、霧子さんの裸を見たときはブラジャーをつけていたけど……ううん、やっぱりオッパイ大きいな)

Gカップだという綾の巨乳を明らかに超えている。

「H……いや、Iカップですか?」

「うん、正解。ふふふっ、よくわかったわねぇ」

霧子は誇らしげに胸を突き出した。果物でたとえるなら、まさにスイカ級である。

乳首は若干下を向いているが、丸々とした膨らみはボリュームたっぷりで、垂れて潰れている様子はまったくなかった。ナイトブラなどを使っているだけでなく、その他のバストケアも、きっといろいろとやっているのだろう。

その代わり、腹部はややぽっこりとしていて、ウエストのくびれも控えめだ。

だが、それがいい。三十六歳の熟れた女体を艶めかしく演出している。腰にも贅沢に脂が乗っていて、そこからはち切れんばかりの太腿に繋がっていき――股間の草叢は今日も黒々と生い茂っていた。

これだけの肉感を誇りながら、女体のあちこちがムチムチと張り詰めているということは、バスト以外の部分もそれなりのケアがなされているに違いない。さもなくば、ダイエットジムのテレビＣＭに出てくるような、締まりのない、たるんだ身体になっていることだろう。

（ああ、なんてエロい身体なんだ。触ってみたい……）

類いまれなる官能ボディを目の当たりにして、陰茎はみるみる角度を急にしていく。

「あらあら、ほんとに若いわねぇ」

あっという間に鎌首をもたげたイチモツを見て、霧子はニヤリと笑った。

「そんなになったオチ×ポをほっとくのも可哀想だし……話をする前に、気持ち良くなっちゃう？」

「あ、ハハ……はい、お願いします」

淫らな期待に胸を躍らせる幸一。

そのときふと、バスルームの隅に置かれているものの存在に気づく。見覚えのない金色のバスチェアと透明なボトル。さっきまで、こんなものはなかったはずだ。

それは案の定、霧子がたった今持ち込んだものだった。

「幸一くん、ソープに行ったことはないの？　これはスケベ椅子とローションよ」

「スケベ椅子……ですか？」

貧乏学生の幸一に風俗で遊ぶような金はない。ローションは知っていたが、スケベ椅子というのは見たことも聞いたこともなかった。ただ、なんともワクワクするネーミングである。

霧子が言うには、ソープランドのプレイで使う、特別なバスチェアなのだそうだ。

「口で説明するより、実際に使ってみた方が早いわよね。さあ、座って座って」

促されるまま、幸一はスケベ椅子に座ってみた。普通のバスチェアと違い、真ん中に大きな凹みがあって、座面が左右に分かれている。股の当たる部分が空虚で、なんとも奇妙な座り心地だ。

霧子はボトルを手にし、洗面器にローションと湯を注いで、慣れた手つきで掻き混ぜる。湯気と一緒に仄かな柑橘系《かんきつけい》の香りが漂ってくる。

何度かローションをつぎ足して、霧子は濃度を調整した。掻き混ぜる水音がだんだんと重たくなっていって、やがてトロトロの液体が出来上がる。

「うん、これくらいのとろみがあたしは好みかな」

「ローションって、そうやってお湯で溶《と》いて使うものなんですか？」

「うん、基本的にはそうね。原液のままだとちょっと固くて、塗るときに伸びが悪いし、ヌルヌル感もいまいちなのよ」

また、ソーププレイなどで大量にローションを使う場合は、湯と混ぜて量を増やすという意味もあるそうだ。もっともセレブの霧子にとっては、ローションなど十本買おうが二十本買おうが、痛くも痒くもないだろうが。

ローション溶液の洗面器を幸一の足下に置き、彼女は言った。

「それじゃあ幸一くん、私に塗ってくれる？」

「え？　僕が霧子さんに塗るんですか？」

「そういう段取りなのよ。さあ、早くぅ」

てっきり彼女が自分に塗ってくれるのだと思っていて、幸一は拍子抜けする。が、膝立ちになった彼女が胸元を突き出してくると、考えを改めた。この爆乳にトロトロの粘液を塗りつけるというのは、なんとも心躍ることである。

洗面器からローション溶液を両手いっぱいにすくい、双乳の膨らみに垂らしていった。ねっとりとした液体がみるみる乳房をデコレートしていく。

乳首には、特に念入りに垂らした。ダラダラと流れていく粘液の筋が、下乳の膨らみを侵食していく。

それから幸一は、ローション溶液まみれの掌で、いよいよ爆乳に挑んだ。

鷲づかみにしようとする――が、その前に乳肉がツルンと手の中から逃げてしまう。何度やっても同じだった。

つかむのは無理だと判断した幸一は、まずは下乳をすくい上げるようにして、それから掌を押しつけ、滑らせ、パン生地でも作るみたいに乳肉をこね回す。

(おお、なんて柔らかい……)

感触は、綾の乳房に近かった。ただこちらの方が、やや張りがあるように思える。

そして、下乳を持ち上げたときに感じるずっしりとした重みに、幸一は驚かされた。

「これだけ大きいと、オッパイって本当に重たいんですね……」

「そうよぉ、片方だけでも二キロ近くあるんだから。あたし肩は凝らないけど、走ったりするとオッパイがブルンブルン揺れて、ちぎれるんじゃないかってくらい付け根が痛くなるの」

見ることで、触ることで、こんなにも幸一を愉しませ、癒やしてくれる爆乳だが、その持ち主にとっては苦労の種でもあるようだ。

「それは、大変ですね……」

幸一はねぎらいの気持ちを込めて、乳首を指で愛撫した。つまんだり、転がしたりすると、ヌラヌラと光る褐色の突起はたちまち硬くなっていく。

ただ、潤滑液のせいで、引っ張ったりするのは難しかった。代わりに軽く爪を立てて引っ掻いてみる。ぬめりに包まれた乳首にはちょうど良い刺激になるらしく、霧子はピクピクと女体を震わせた。

「あうん、それ、気持ちいいわぁ」

幸一は乳首だけでなく、ぷっくりと膨らみ気味の乳輪もカリカリと引っ掻く。

うっとりとした顔の霧子は、ますます吐息を乱していった。

「はぅ、はぅ、あうぅ……も、もういいわ、幸一くん。ありがとう」

霧子は最後にもう一度、自らの手でもローション溶液を双乳にまぶし、下腹の方まで塗りつけてヌルヌルにすると、幸一の背中側に回る。

「……それじゃあ、次は幸一くんが気持ち良くなる番よ」

見えない背中側でなにをされるのかと、幸一はドキドキしながら待った。

すると、硬く尖ったものが背筋をツーッと滑る。くすぐったくて、思わず変な声を上げてしまう幸一。

「はひっ……!?　な、なんですかっ」

「さあ、なんでしょう？　うふふっ」

霧子は答えてくれなかったが、代わりに幸一の背中に抱きついてくる。

それで幸一は理解した。ヌルヌルの双乳を上下に擦りつけられているのだ。まるでスポンジで洗われているみたいだが、コリコリに勃起した乳首の感触が、たまらなく背中をゾクゾクさせる。

さらに霧子の両手が、幸一の胸板を撫で回してくる。さっきのお返しとばかりに、乳首を甘やかに引っ掻いてくる。

「あ……ちょっ……霧子さん、それ……！」

「うふふぅん、ここをいじられると、男の人も気持ちいいでしょう？」

「おうぅ……は、はい……くううっ」

予想外の乳首の愉悦に、幸一は奥歯を噛んだ。背中のくすぐったさも、慣れてくるとなんとも心地良い。そそり立つ肉棒が悦びに打ち震えた。

と、乳首をいじくっていた手が滑り降り、腹部のさらに下へ――

「それにしても……ねえ、幸一くん。君、思った以上にやるわね」

「な……なにがですか？」

「由花ちゃんのことよ。あの気難しい子が、あんなに君に心を許すようになって、本当に驚いたわ」

鈴口に透明なしずくを膨らませたペニスを、霧子の手が根元から握ってくる。

「うふふっ、このオチ×ポで骨抜きにしたのかしら？」

ヌルリヌルリと、すぐさま手コキが始まった。

ローションのぬめりを帯びた手による摩擦。それはセックスともフェラチオとも違う摩擦感をもたらしてくれた。

なんといっても手は、人間が最も器用に動かせる部位である。そして霧子は、ペニスの扱い方を充分すぎるほど心得ていた。掌の窪みで亀頭を撫で回し、指の輪っかで竿をしごいては、その輪っかを亀頭冠にひっかけるようにして雁首を擦り立てる。

（き、気持ちいい。後ろにいる霧子さんからは、僕のチ×ポは見えないはずなのに、手探りでなんて上手な手コキをするんだろう）

摩擦はみるみるうちに加速し、ヌッチョヌッチョと卑猥な音が浴室内に響いた。

しかし、彼女のテクニックはこれだけではなかった。

霧子は改めて掌にローション溶液をすくい取ると、片方の手でペニスに愛撫を続けながら、もう片方の手をスケベ椅子の凹みに差し入れ、幸一の股の間を潜らせる。

そして、まずは陰嚢に淫らなオイルマッサージを施してきた。クルミのように硬くしこった陰嚢《いんのう》を撫でては揉みほぐし、さらには袋の中の玉を片方ずつ指で転がす。

甘美な心地良さに幸一がうっとりしていると——不意を衝くように、ヌルッと肛門を撫でられた。

「ええっ!? き、霧子さん、そこは……駄目です、駄目ですっ……!」

「大丈夫よ、指を入れたりしないから安心して。こうして、ほら、撫でるだけよ」

指の腹が、ゆっくりと肛穴の縁を滑る。触れるか触れないかの柔らかなタッチで、円を描くように——。

「う、うぅ……くっ」

スケベ椅子に溝がある意味を、幸一は理解した。

くすぐったさと共に、妖しい快美感がじわりと滲み出し、思わず息を呑む。

背筋がゾクゾクして、なぜか身体に力が入らなくなった。肛門を撫でられながらペニスをしごかれると、途端に射精感が込み上げてくる。

あらがおうとしても、アヌスへの刺激が力を奪った。幸一は声を絞り出す。

「あぉ、霧子さん……そ……それ、あぁ、イッちゃいます……!」

すると霧子はペニスから手を離した。スケベ椅子の凹みからも手を引く。

ふーっと溜め息をつく幸一に、霧子がドヤ顔で尋ねてきた。

「どう、気持ちいいでしょう？」

「は、はい、とっても……。これがソープのプレイなんですね」

「そうよぉ。でも、他にもいろいろあるんだから」

霧子は幸一の手首をつかむと、幸一の肘から先を床と水平にする。

そしてローション溶液を股ぐらに塗り込み、恥毛にもたっぷりと含ませてから、幸一の腕にまたがって女陰を押し当ててきた。

「ほぅら、これは〝たわし洗い〟っていうのよ」

腰をくねらせ、幸一の腕に股ぐらを擦りつけてくる霧子。女の股間をたわしに見立てたプレイだった。霧子の恥丘にはたっぷりの草叢が茂っているので、ヌルヌルとザラザラの混在する摩擦感が妙に心地良い。

そして秘裂を擦りつけている霧子は、幸一以上の愉悦を得ているようだった。小陰唇がひしゃげるほどに股間を押しつけ、破廉恥に腰を振り続ける。

「あはぁん、クリの皮が剝けちゃったわ。あう、はぅん」

霧子は、幸一の反対側の腕に移動し、たわし洗いを続行した。先ほどは幸一に向き合う格好だったが、今度は尻を向けてまたがってくる。

（おお、霧子さん、オッパイに負けず、お尻も凄いおっきい）

豊満な丸尻が、すぐ目の前にあった。

逆さにした桃のような形をしていて、それが迫っては遠のき、迫っては遠のき——

大迫力で揺れる熟臀に、幸一の目は釘付けとなる。

「ん……うふふっ……うちの夫は、これが好きなのよ。お股の毛の感触が、たわし洗いの醍醐味《だいごみ》だから、なるべく剃らないでくれって言われてるの」

「え……旦那さんにも、してあげているんですか？」

〝潮騒の会〟は性的に満たされていない女たちの会だ。ソーププレイまでしていてセックスが足りないというのは、少々違和感を覚える。

だが、人にはそれぞれ事情があるものだ。霧子自身は宮城の大地主の一族の娘だが、夫は普通のサラリーマンなのだそうだ。大手の映像機器メーカーで働いており、英語や中国語が堪能なのを買われて、今は海外の工場に駐在しているという。

数か月に一度くらいは帰国してくるが、それ以外はずっと離れればなれ。そのため夫婦仲は良好なのに、なかなかセックスができないという状況なのだそうだ。

「あたしも夫もエッチなことが大好きだから、二、三か月に一度のセックスなんかじゃ我慢できないわけ。だから夫の海外赴任が終わるまでは、お互いに、よそでセックスをしても構わないってことにしたの。あくまで遊びならね」

ちょうどその頃、夫を亡くした玲美もセックスができないことに悩んでいて、元々仲の良かった二人は意気投合し、〝潮騒の会〟を立ち上げたのだという。

「まあ要するに、今やっているのは夫公認の行為なのよ。だから幸一くんも安心して愉しんでね」

「はあ……」

パートナーが自分以外の相手と性行為をしても構わないという――幸一の常識を越える夫婦のあり方に、驚きを禁じ得なかった。

（まあ、セレブの人たちって、浮世離れしたイメージがあるからな）

そういう夫婦もあるんだろうと納得する。

が、霧子の話はさらに続いた。

「ただ、一つ決まりがあってね……よそでエッチなことをしたときは、電話かメールで報告することになっているの。なるべく詳しくね。時差で時間が合わないから、だいたいはメールだけど」

「えっ……じゃ、じゃあ、このソーププレイも……？」

「もちろん夫にメールするわ」と、霧子は頷く。「そうそう、こないだフェラしてあげたでしょう？　あれもメールしたのよ」

霧子は、腕の次は幸一の太腿にまたがり、続けて股間のたわしを擦りつけながら、そびえる屹立に指を這わせてきた。

「うふふっ、このオチ×ポの大きさとか、硬さとか、それに射精の勢いの凄さとかをたっぷり書いて送ったら、すぐに返事が返ってきたわ。あの人、とっても悔しがっていた」

霧子は楽しそうに笑っているが、幸一はなんとも複雑な気分となる。

まるで今この瞬間も、霧子の夫に見られているような気がした。

「それって……旦那さんが誰かとセックスしたときも、報告があるんですよね？　霧子さん、平気なんですか……？」

「うん、そりゃあ、もちろん悔しいわよ」と、霧子は言う。「でも悔しいだけじゃなくて、なんだか凄く興奮するの。報告メールを読みながらオナニーすると、いつもの何倍も気持ち良くなれるのよ。多分、向こうも一緒のはず」

そして、たまに夫が帰国してきたときは、狂った獣の如くまぐわいまくるのだそうだ。それこそ、寝食も忘れるほどに。

幸一は呆気に取られた。いくらセレブだからって、さすがにアブノーマルすぎる。

が、そんな幸一の戸惑いも、霧子の手がペニスを包み、妖しく甘やかに擦りだせば、みるみるうちに消えていった。

「お、おぅ……ふうっ……」

「んふふっ、そういうわけだから、これも夫婦円満のためだと思って協力してね」

その代わり、たっぷり気持ち良くしてあげる――

そう囁いて、霧子は幸一の真正面に移動し、床に腰を下ろす。

両手で双乳を持ち上げ、背中を反らして幸一に身を寄せてきた。そして、胸の谷間に剛直を挟み込む。

幸一は目を見張る。パイズリだ。

ぬめりに包まれた乳肉がペニスにぴったりと張りついてくる。霧子は両手を巧みに使い、肉房を上下に揺らしだした。

「う、うう、すべすべのオッパイがチ×ポに吸いついてきて……す、凄く気持ちいいです」

人生初にして極上のパイズリ体験だった。柔らかく巨大な肉房は、幸一の巨根をあらかた包み込んでしまう。その感覚は、もはや膣穴への挿入感に近かった。

そして、なんといってもパイズリとローションの組み合わせが最高である。このぬめりがなかったら、いくら乳肌がなめらかでも多少はひっかかってしまうだろう。

霧子は得意げな笑みを浮かべ、肉房の上下をさらに加速させていった。双乳の合わせ目で、ペニスの先端が出たり引っ込んだりを繰り返す。

「うふっ、まるでモグラ叩きのモグラみたいね」

霧子はうつむいて亀頭に舌を伸ばし、ペロッと舐めた。

舌先でチロチロと鈴口をこじったかと思えば、身体を沈めて亀頭をパクッと咥え込む。温かな舌粘膜で亀頭を撫でつけ、フェラチオとパイズリの合わせ技でペニスを責め立てた。

たわし洗いをしてもらっている間に若干クールダウンしていた肉棒は、再び高ぶりを取り戻し、芯から甘く痺れる。痺れはどんどん強くなっていく。

「あぁ、霧子さん……僕、もうイッちゃいそうです……！」

ペニスは落ち着きなくひくつき、いつ臨界を越えてもおかしくなかった。

霧子は顔を上げ、悪戯っぽく笑う。「いいわよ、いつでもイッちゃって。……けど、このまま出しちゃう？　それとも、別のところに出したい？」

変わらぬ乳肉の勢いでペニスを揉み擦りながら、彼女は尋ねてきた。

「ううっ……べ、別のところというと……？」

「んふふっ、決まってるじゃない。オ、マ、×、コ――の穴よぉ」

ゆっくり、はっきりと、卑猥な四文字を告げる霧子。朱唇の動きすらいやらしい。

幸一はゴクリと唾を飲み込む。そして心を悩ませた。

もちろん、膣内射精に勝るものはない。だが、このまま最後の瞬間までパイズリを味わっていたいという気持ちもあった。

一方で、彼女の口から発せられた〝オマ×コ〟の響きが、今も耳の中に残って、心を掻き乱している。

「ねえ、どうするぅ？　どこにドピュドピュしたいのぉ？　うふふっ、ほらほらぁ、早く決めないと――」

ヌッチュヌッチュ、グッチュグッチュ、ムニュニュ、ニュププッ。

煩悶する幸一を、霧子のパイズリが容赦なく追い詰めた。

「あっ……ちょ、待っ……おぉ、オウウウッ!!」

結局、幸一は、答えを出せぬまま射精感を爆発させてしまう。

乳肉のあわいで反り返る肉棒。その先割れからザーメンが放出し、バスルームの天井近くまで噴き上がった。

「うわっ、すっごぉい！」と歓声を上げる霧子。

「うぐっ、ううっ……おおっ……くううっ……！」

その後も射出は続き、床に、そして霧子の身体に、ボタッボタッと牡のローションが降り注いだ。

「……あはっ、オッパイの中でオチ×ポがビクンビクン震えているわぁ」

鈴口の向きが乱れることで、彼女の額や頬、顎にも大量の樹液を浴びせてしまう。

霧子はまるで嫌がる様子もなく、すべてを受け止め、射精がやむまで乳肉でペニスを優しくしごき続けた——。

3

パイズリが終わると、霧子は自らの顔にべったりと張りついたザーメンを指で拭《ふ》き取って、旨《うま》そうにそれを舐めしゃぶった。額にかかったザーメンが目元まで垂れて、右目が開けられない状態だった。

白濁液にまみれた女の顔はなんとも官能的で、幸一は申し訳なく思いつつも、牡の劣情が沸々と湧いてくるのを禁じ得ない。

「あ、あの……すみません、こんなに出るなんて……」

「それだけあたしのオッパイが気持ち良かったってことでしょう？　ふふふっ、気にしないで」

それから霧子は、ペニスに絡みついた精液の残りを、直に舌を這わせて綺麗に舐め取ってくれた。

そして、少しも力感を失っていない肉棒をまじまじと眺める。

「さすがに若いわねぇ。由花ちゃんが、まるで自分のことみたいに自慢してたわ。幸一くん、連続で二回でも三回でも射精できるんでしょう？」

「……え、ええ、まあ」

「うんうん。じゃあ、今度はあたしも気持ち良くしてもらっちゃうわよ」

霧子は、バスルームの床に仰向けに寝た。

M字に両脚を広げ、自らの指で大陰唇をぱっくりと割って、若牡を誘ってくる。

朱色の大きなビラビラ、呼吸をしているみたいに蠢く膣穴の口――。

「ほらぁ……ローションなんて必要ないくらい、もう穴の中もトロトロなのよ。早くその立派なオチ×ポをちょうだぁい」

「わ……わかりましたっ」

媚肉を露わにして淫らに腰をくねらせるスケベ年増の有様《ありさま》に、幸一はたまらなくなった。床に膝をついて、彼女の股ぐらににじり寄る。

バスルームの床はクッション性のある材質で出来ていて、膝が当たっても痛くはなかった。普通のタイルみたいにひんやりともしていない。

腰を落とし、屹立を握って角度を調節。蜜壺の口に亀頭をあてがっただけで、早くもゾワゾワと快美感が滲んでくる。

幸一は覚悟を決めて肉門を押し広げ、潜り抜けた。

彼女が言っていたとおり、膣肉はたっぷりの愛液に潤い、まるで出来たてのピザのチーズのように熱く蕩けていた。

(うおぉ、ねっとり絡みついてくる)

みっちりと詰まった肉路を掻き分けながら、さらに奥へと突き進む。

すると——途中で膣道が狭くなっている部分があった。雁エラがひっかかり、一瞬、ここで行き止まりなのかと戸惑う。まだペニスの幹は半分近く残っていた。

鈴口はまだ奥の壁にぶつかっていない。思い切って腰に力を込めると、ひっかかっていた雁エラがズルッと奥に突き抜けた。

「お、おううっ……!?」

勢いがついて、一気に最奥まで差し込んでしまった。子宮口に亀頭を打ちつけると、霧子は小さく仰け反って、その身を戦慄かせる。

「あうんっ……ああ、奥までいっぱい……わかっていたけど、ほんとに大きなオチ×ポだわ。長くて、太くて……まるで腕をねじ込まれてるみたいな気分……あぁぁ」

幸一はしばらく呼吸を整えてから、ゆっくりと抽送を始めた。しかし、

（あ、あれ……上手くできないな）

ローションのぬめりで手足が滑って踏ん張りが利かず、なかなか思うように腰が振れないのだ。一度などは、床についていた手が滑って、彼女の上に倒れ込んでしまった。ムチムチの女体が幸一を受け止めてくれる。

「す、すみませんっ」

「大丈夫よ。それより怪我をしないように気をつけてね」

幸一は彼女に身を重ねたまま、彼女の左右の肩にしがみつき、身体を固定しようとする。霧子も、幸一の背中に腕を回し、滑らないように抱き締めてくれた。

それは結果的に、力強くハグし合うこととなった。ローションのおかげでぴったりと張りつき、ヌルヌルと擦れ合う肌と肌――。

熟れた女体の柔らかさ、そしてぬくもりを身体中で感じることができて、幸一はうっとりする。だが、腰のピストンは相変わらず困難だった。足や膝が滑って嵌め腰の体勢が保てず、一往復もままならない。

苦笑しながら霧子が言った。「ごめんなさい、ちょっと滑りすぎよね。ローションの量が多すぎたかも……。ねえ、体位を変えてみる？」

幸一が身体を起こすと、ペニスを嵌めたまま、霧子は片脚を高く持ち上げる。

霧子に言われて、幸一はその脚を肩に担いだ。そして、持ち上げていない方の脚を幸一がまたぐ。互いの股ぐらが交差した。

「これは……なんていうんですか？」

「〝松葉崩し〟っていうの。松葉相撲ってやったことない？　あたしと幸一くんのお股が、松の葉を交差させているみたいでしょう？」

新しい体位で、幸一は改めてピストンに挑む。

肩に担いだ脚にしがみついて腰を振ると、今度はなんとか抜き差しができた。腕と腰の負担が大きかったが、徐々にコツをつかんで抽送を加速させていく。

（あ、ああ……このオマ×コ、なんなんだ……？）

ペニスが順調に膣路を往復すると、やはり肉道の途中にあったあの狭い部分が気になった。くびれるみたいに狭まっているせいで、そこを通過するたびに亀頭冠がひっかかる。膣口と同じくらいに力強く締めつけてくるのだ。

「霧子さんの……あ、穴の中に、キュってくびれたところが……これは……？」

射精感が湧き上がり、幸一は震える声で尋ねる。

霧子は、よくぞ聞いてくれましたとばかりに、自慢げに答えた。

「んふふっ、それはね……ぐるっと一周するようにヒアルロン酸を注射して、そこだけ膣壁を膨らませているの。だから……あんっ……くびれたみたいに穴が狭まっているのよ」

「ちゅ、注射……そんなことしてるんですか……!?」

「名器のオマ×コってあるでしょう？　カズノコ天井とか、ミミズ千匹とか……穴の中が特別な形をしていて、男の人が、とっても気持ち良くなっちゃうのよ」

数か月に一度、日本に帰ってくる霧子の夫。そんな彼を悦ばせるため、霧子は名器整形の施術をしてもらっているのだそうだ。

彼女の名器の種類は、俵締めというらしい。

膣路の真ん中辺りにあるくびれが、雁首や裏筋に強い摩擦快感をもたらすのだ。

手術代には十二万円もかかったという。それでも二年ほどでヒアルロン酸が体内に吸収されて、結局は元に戻ってしまうそうだ。

「でも……二年で十二万払う価値はあると思わない？　うちの夫なんて、あたしがこの手術をしたら、セックスのときに泣いて悦んでたわよ」

「そ、それは、確かに……う、くうっ」

人工的に作ったとはいえ名器は名器。それがもたらす快感は本物だった。

パイズリでイッたばかりだというのに、陰嚢の付け根が甘く引き攣れ、次の射精の準備が始まっているという感じである。

それでもピストンを緩めることはできなかった。この気持ちいい穴を、もっともっと味わいたい。嵌め腰は勢いを増す一方だった。

しかし、幸一だけが名器の虜《とりこ》になっていたわけではない。長大にして逞しく、反りの入ったイチモツが膣路を擦り、子宮口を抉り続けると、

「あっ、あっ、あうっ、んんっ……す、凄いわ、オマ×コの穴が、あぁん、広がっちゃう。夫とセックスするとき、ユルユルになってそう……！」

「おふっ……ほ、本当ですか……？」

「うふんっ、やだ、冗談よ……遠慮しないで、もっと強く突いてぇ……はひぃ、ポルチオが、あ、あっ、ジンジンして、こんなに感じるの、初めてよぉ」

霧子もまた、幸一のペニスに夢中になっている様子だった。爆乳をタプンタプンと揺らしながら、悩ましげにその身をくねらせている。

ヌラヌラと濡れ光る女の肌が、なおさら妖しくエロティックだった。

射精感がまた募り、今にも限界を超えようとする。幸一は歯を食い縛って、それでも懸命にピストンを続けた。

「き、霧子さん、僕、またイッちゃいます……けど、休まず続けますから……こんなに気持ちいいオマ×コなら、絶対にチ×ポは萎えませんからっ」

「ああん、わ、わかったわ……思いっ切り出しちゃって。さっきみたいなドロドロに濃いの、勢いよく噴き出して……！」

許しを得た幸一は、心置きなく全力でピストンに励む。

松葉崩しの体勢――彼女の片脚の上に股ぐらを載せているので、腰を振るたび、ムチムチの太腿に会陰《えいん》が擦れ、陰嚢が揉みくちゃになった。

ピストンの衝撃で、熟れた豊臀がタプタプと波打っている。幸一は尻たぶの片方を鷲づかみにして、乳房とは違う趣の弾力を味わいながら無茶苦茶に揉みまくり、ラストスパートの嵌め腰を轟かせた。

「くうっ……うぐっ……で、出るぅ……!!」

そして霧子の膣内にザーメンを吐き出す。天井近くまで噴き上げた一度目の射精に、量も勢いも負けていない。

「あぁ、んふっ、出てる、出てるわ……奥にビュウビュウ当たってるぅ」

とろんとした恍惚《こうこつ》の瞳で、霧子が呟いた。

ペニスの痙攣と一緒に、女体が小刻みに震える。もしかしたら軽微なアクメを得ているのかもしれない。

いったんザーメンを出し尽くすと、幸一は肩に担いだ彼女の太腿にしがみついたまま、喘ぐように深呼吸をした。ローションによる不安定な状態でのセックスは、思った以上に体力を消耗させたのだ。

「す……すみません、すぐに続きをしますから……ちょっとだけ……」

「いいのよ、幸一くん。ね、また体位を変えてみましょう。今度はあたしが動くから」

ひとまず結合を解き、幸一は正座の格好をさせられる。肉体的には少々疲れているが、まだまだペニスは精力をみなぎらせてそそり立っていた。

そして霧子が幸一の膝にまたがり、今度は対面座位で繋がる。

蹲踞《そんきよ》の姿勢で幸一の太腿に着座し、自らの女穴を串刺しにした霧子は、喉を晒して仰け反った。

「あうぅ、オチ×ポ、全部入っちゃった。奥に、凄く、グリグリ当たってるわぁ……あぁん、あひいっ」

苦悶の声を漏らしながらも、霧子は自ら腰を前後にくねらせ、めり込んだ亀頭で膣底の肉をこね回す。

幸一のすぐ目の前にIカップの爆乳があった。ゆらゆらと肉房が揺れ、ときおり乳首が幸一の顔をかすめる。

(ああ……オッパイ、オッパイ……！)

幸一は思い切って双乳の谷間に顔を潜り込ませた。すると霧子が、うふふっと笑う。

「ほぅら、こういうのはどう？」

霧子は左右の肉房を持ち上げ、幸一の顔を挟み込んだ。先ほどのパイズリのときと同じ要領で、幸一の顔に乳肉を擦りつけてくる。

「うぷぷっ……と、とっても、いいです……！」

ヌルヌルの乳肉の感触は、顔面で受け止めても最高だった。

顔中をすっぽりと包み込まれ、揉みくちゃにされていると、まるで自分自身がペニスそのものになったみたいな気分になる。

少々息苦しくても構わない。目を閉じて、顔面パイズリの感触にじっと酔いしれた。

柑橘系のローションの香りに、霧子の甘い吐息が混ざって、幸一の鼻腔を満たす。

「あらあら、これじゃまるで幸一くんも顔射されちゃったみたい」

ローション溶液まみれとなった幸一の顔を見て、霧子がプッと吹き出した。

「き……霧子さんがそうしたんじゃないですかぁ」

「ごめんごめん、だって幸一くんがとっても気持ちよさそうだったから……。さぁて、それじゃあ、そろそろセックスの続きを始めましょうね？」

霧子は、幸一の目元のぬめりを指で拭い取ってくれる。

それから両手で幸一の肩をつかみ、スクワットの如き嵌め腰を使い始めた。ペッタンペッタンと餅をつくような音を響かせ、脂の乗った熟臀を幸一の太腿に弾ませる。

早速、膣内のくびれが亀頭冠にひっかかった。彼女が腰を持ち上げるたび、張り詰めた雁エラがめくれそうな感覚に襲われる。

「ふおっ……おおっ……霧子さんのオマ×コ、ほんと最高です……！」

「うふふっ、ありがとう。あたしも、すっごく……ああん、このオチ×ポ、今までで一番気持ちいいわ。夫と知り合う前に、このオチ×ポと出会っていたら、あたし、幸一くんと結婚してたかもぉ」

「チ、チ×ポで結婚相手を決めちゃうんですか……!?」

「もちろん、それだけじゃないけれど……でも、夫婦生活でセックスはとても大事よ。このオチ×ポで毎日嵌めてもらえるなら、それ以外の大抵のことは、あたし、目をつぶっちゃうわぁ」

どこまで本気かはわからないが、そうまで言われて、男として悪い気はしない。

幸一は熟尻に両手を伸ばし、左右の尻たぶをムニュッと鷲づかみにした。

床のぬめりでときおりバランスを崩しそうになる女体を支えつつ、同時に嵌め腰の上下運動を介助する。

幸一が手伝うことでピストンは大きく加速し、ストロークも広がった。肉棒が抜けそうになるほど持ち上げた腰を、霧子は一気に振り下ろす。ズンッズンッと、亀頭が膣底にめり込んだ。

「ウウーッ！　んあぁ、いいっ、いいのぉ。ポルチオだけじゃないわ。Gスポットにもオチ×ポの先がゴリゴリ当たるし、クリも……あうぅん、ダメッ、もうイッちゃいそうっ」

勢いよく股ぐらを打ち下ろすたび、幸一の恥骨にクリトリスが当たって圧迫されるのだろう。自らの腰使いで、女の急所の三つを貪欲《どんよく》に責め立てる霧子。朱唇の端からよだれを垂らし、半ば白目を剥いて卑猥なアヘ顔を晒している。

「くううっ、ぼ、僕も……オオッ……！」

ここ数日の間、由花と嵌めまくったおかげで、セックスの持久力はだいぶ鍛えられていた。それでもこの名器の前では形なしだ。むしろ、これほどの激悦に晒されて、よくぞここまで持ちこたえたものだと、自分を褒めてやりたい。

「幸一くんも、もうすぐなのね。じゃあ……んんっ、ね、ねえ、イク前に、お願い、いい？」

「はいっ……な、なんでも言ってくださいっ」

霧子は目を合わせ、じっと見つめてきた。

初めて彼女の真面目な表情を見た気がした。だが、それは一瞬のことで、霧子は媚笑に頬をほころばせる。

「それじゃ、あの……お尻の穴、触ってくれる？」

「へっ……？」

「だからぁ、お尻の穴に指を……できれば、入れてほしいのよねぇ」

夫のために名器に改造した霧子は、次なる夜のサプライズのため、密かにアヌスを開発中なのだそうだ。

尻の穴——と聞いて、幸一もさすがに躊躇わずにはいられなかった。が、霧子は小首を傾げてくにゃりとしなを作り、なおもお願いしてくる。ちなみに、ここに来る前にトイレの温水洗浄で、肛穴の中まで綺麗に洗ってきたそうだ。

「ね、ね、いいでしょう？　幸一くんは、女のお尻の穴に全然興味ない？」

「いや、全然ってことは……わ、わかりました」

幸一は覚悟を決め、右手の中指を、洗面器のローション溶液の残りに浸《ひた》し、しっかりぬめりをまとわせる。

その中指で、霧子の豊臀の谷間を探った。窄まりを見つけると、先ほどのソーププレイでやられたことを思い出しながら、ヌルヌルの指の腹でそっと撫で回す。フェザータッチでコチョコチョとくすぐった。

「はっ、ひっ……！　そ、そうよ、最初は優しく……あふっ、んんんっ」

悩ましげに眉根を寄せて、霧子はピクピクと女体を戦慄かせる。

「ふぅ、うぅ……い、いいわ、それじゃ、思い切って入れちゃって。あ、あっ、でも、ゆっくりよ。そっと入れてね。最近、やっと指が入れられるようになったばかりだから……お、おうっ、んん、んほおおぉ……！」

幸一は窄まりの中心に中指を当て、少しずつ力を入れて押し込んでいった。まだ開発中というだけあって、肛肉はやはり少々硬い。

それでも徐々に口を開き、アヌスは中指を受け入れていった。

幸一からは見えなかったが、ズブ、ズブ……と、中指が狭穴に呑み込まれていくのが感触でわかる。かなりの締めつけで、まるで肛門が食いついてくるみたいだ。

指が付け根まで入ったら、様子をうかがいながらゆっくりと抜き差しを始めた。

「んおぉ、ううぅっ……そ……そうよ、そんな感じで……あうぅ、はううぅ……どっちの穴にも、幸一くんが入ってるうぅ！」

膣穴と肛門、二穴同時の肉責め——

エロ妻はますます興奮したようで、いつしか緩やかになっていた嵌め腰を再びヒートアップさせる。蜜壺から盛大に漏れる肉擦《にくず》れの音。それに、ニュプニュプと肛穴をほじくる音が重なった。

（おおっ……お尻の穴に入っている指を、チ×ポで感じる……！）

膣路と直腸は薄い肉壁で隔《へだ》てられているらしく、後ろの穴に出入りしている指の感触が、かなりはっきりとペニスに——裏筋辺りにも伝わってくる。

「き……霧子さん……僕、もう……！」

アヌスに指が入ると、自然と力が入ってしまうようで、膣口はこれまで以上の締めつけを見せていた。俵締めの名器がさらに強烈になり、高まる射精感は待ったなしである。

「あうぅん、あたしも、イク、イッちゃう……はあっ、はあっ、ふうっ……ううぅ、んおぉ、おほっ、おおおぉ！」

霧子は、爆乳はいわずもがな、身体中のムチムチした部分をすべて躍らせて、最後のピストンを轟かせた。

額に浮かんだ玉の汗。食い縛った歯。荒ぶる呼吸。おそらく彼女の体力も限界に近いのだろう。幸一は彼女の豊臀を持ち上げるだけでなく、正座の格好から腰を突き上げ、とどめのピストンに共に力を尽くした。

互いの嵌め腰が歯車のように噛み合い、幸一たちは快楽を求める機械と化す。肉のぶつかり合う音が正確なリズムを刻み続け、二人の性感を力強く押し上げた。

「あっ、ああーっ……イクわ、イクイクッ……イッグウウウッ!!」

「うおぅ、おおお、出る……くうぅ、出ます、ウッウーッ!!」

霧子が絶頂に至る。女体が、膣路が、狂おしげに痙攣する。断末魔の肉バイブで、追い詰められていたペニスが限界を超える。

三発目にして、ジェット水流の如く噴き出す白濁液。膣底に当たるその勢いでアクメをぶり返した霧子は、延々と悶え続ける——。

「んほおぉ、また……またイグッ……イグううぅ……!!」

第五章　美未亡人は艶めき蝶

1

ローションプレイを堪能した二人は、全身の汗とぬめりを洗い流す。

霧子はまた蹲踞の体勢を取り、下腹に力を込めて、膣壷に溜まったザーメンを搾り出した。和式便所で用を足すみたいにして、膣穴からボタリ、ボタリと白濁液が排泄《はいせつ》される様は、なんとも男の劣情を煽った。

幸一のペニスにはまだ余力が残っていたが、しかし霧子はもう充分に満足したらしく、さらにセックスを求めてきたりはしなかった。床のローションや白濁液を綺麗に洗い流すと、二人でゆったりと湯船に浸《つ》かる。浴槽は広く、二人で横並びになって脚を伸ばしても、充分な余裕があった。

「ああ、気持ち良かった……」霧子がしみじみと呟く。「初めて君を見たとき、まさかこんなに凄い子だとは思わなかったわ。ほんとにこのオチ×ポは大したものねぇ」

湯船の中で霧子の手が、いい子いい子とペニスの頭を撫でた。

「あ、ありがとうございます」照れ笑いを浮かべる幸一。「霧子さんのローションプレイも最高でした。あれって、どこで覚えたんですか？」

「うふふっ、実はね……あたし昔、ソープで働いていたのよ」

「ええっ？　き、霧子さんって、大地主の一族のお嬢さんだったんですよね。それなのに……!?」

幸一が目を真ん丸にすると、霧子はさもおかしそうにクスクスと笑いだす。

「嘘、冗談よ冗談。ほんとはソープランドにお客として行って、何度か自分で体験しながら覚えたの」

女性客もOKという風俗店は、探せばそれなりにあるそうだ。親切なソープ嬢などは、プレイのいろいろなコツを丁寧に教えてくれたという。

予想だにしない答えに、幸一は唖然とした。

「す……凄いですね。旦那さんを悦ばせるために、そこまでしたんですか」

「そうねぇ、夫のためでもあったけど、あたし自身が興味あったのよ。なんでも実際に体験して、いずれ自分の創作に活かそうかなって」

霧子は密かに小説家を目指しているのだという。そして彼女が書きたいのは、普通の小説ではなく官能小説だった。

よその男とのセックスを逐一メールで夫に報告している霧子は、どのように書けば夫がさらに興奮するか、そのことを日々考えているうち、淫らな文章を書くことが楽しくなってきたのだという。

「やっぱり自分で体験すると、文章のリアリティが違うと思うのよね。だから、いろんなプレイを試してみたいの」

そう言って霧子は、艶めかしい流し目で幸一を見つめてきた。

「夫にはお願いしづらいものもあるから……幸一くんが協力してくれると嬉しいのよねぇ」

「ええ、いいですよ。僕にできることなら」

スケベ心のままに快諾するが、そもそも女性と淫らなことをするのが幸一の仕事なのだ。断る理由などない。

すると、霧子はにっこりと微笑んだ。

「ありがとう。じゃあ、早速なんだけど……今ね、飲尿プレイに興味があるの。どんな味がするんだろうって気になってるのよ」

「は……？　飲尿って、僕のオシッコを霧子さんが？」

「ええ、飲むだけじゃなく、身体にもかけてみてもらいたいわぁ。それで、もしよかったら、お互いに飲み合ったり、かけ合ったりしてみない？」

「ごめんなさい。それは勘弁してください」

幸一は湯船の中で正座をし、精一杯頭を下げた。

話題を切り替えるために、幸一はポンと手を打つ。

「そういえば霧子さん、お風呂場に入ってくる前に、僕になにか話があるって言ってませんでした？」

飲尿プレイを断られて残念そうにしていた霧子だが、

「ああ、そうだったわね。すっかり忘れてたわ」

急に真面目な顔になり、こう尋ねてきた。

「幸一くん、玲美さんとはセックスした？」

「え……？　は、はい、しました。初めて会った日に、採用テストってことで……」

「じゃあ、ここに来てからは？」

「それは……」質問の意図《いと》は不明だが、幸一は正直に答える。「一度もしてません」

「やっぱり」と言って、霧子は首を傾げた。そして、

「……玲美さん、今までいろんな男の人を〝潮騒の会〟のために雇っていたけど、自分自身はほとんどセックスしてなさそうなのよねぇ」

セックスに恵まれない、あるいは不満のある奥さんたちが欲望を解放できる場所——それが〝潮騒の会〟である。

その会を立ち上げ、自らの家を提供している玲美が、なぜ自分はセックスしないのだろう？　と、霧子は不思議に思っているのだそうだ。

「旦那さんが亡くなってからもう三年も経ってるし、玲美さんだって性欲は溜まっていると思うのよねぇ」

亡くなった旦那のために貞操を守っているというわけではないだろう。もしそうだとしたら、採用テストのためとはいえ、幸一とセックスをするはずがない。

「他の会員の皆さんに気を遣って、自分は遠慮しているとか……？」

「確かにその可能性もあるわね。玲美さん、真面目すぎるところがあるから」

霧子は頷き、それからニヤリと笑った。

「まあ、幸一くんも含めて、今までに雇った男の人たちが単純にタイプじゃなかった

だけかもしれないけど」

なんでも玲美の亡夫は、彼女より四十歳ほども年上だったという。

親子どころか、もはや祖父と孫に近い年齢差である。それを聞いて、幸一はショックを受けた。

「じゃ……じゃあ玲美さんは、僕みたいな年下には興味ないんでしょうか？」

「あら、幸一くん。玲美さんが年下に興味がないと困るの？」

「えっ……あ、いや」幸一の顔がカーッと熱くなる。「べ、別に困るってわけじゃないですけど……」

霧子はニヤニヤと笑った。「心配しなくても大丈夫よ。前に玲美さんが言っていたわ。年上が好きだったわけじゃなくて、結婚したいと思った相手がたまたま年上だったんだって」

それを聞いて、幸一は少しだけほっとする。

が、悪戯っぽい笑みの霧子を見ているうちに、自分がからかわれていたのだと気づいた。じろっと霧子を睨む。

「……れ、玲美さんには言わないでくださいよ」

「え〜、なにを言わないでほしいの？　ちゃんと言ってくれないとわからないわぁ」

「だ、だから……僕が玲美さんに、その、好意を持っていることです……！」

幸一はぷいっと彼女から顔を逸らした。霧子はクスクスと笑いながら、幸一の頭を撫でてくる。

「ごめんごめん。あたしから玲美さんにはなにも言わないから安心して。……でも、それなら幸一くんが、自分自身でどんどんアタックしていかないと駄目よ」

「そ、それはまあ、そうですけど……」

しかし、一度も女性と交際したことのない幸一である。女性を口説く方法などろくに知らなかった。

「アタックって……どうすればいいんでしょうか？」

「そうねぇ……幸一くんの場合、甘い言葉やムードなんかに頼らなくても、セックスしちゃえば、大抵の女はこのオチ×ポの虜になっちゃうと思うんだけど」

「そ、そうですか……？」

採用テストのときには、玲美をイカせることはできなかった。だが、あれから多少はセックスも上達したし、ペニスの耐久力も増した。今なら、玲美を満足させることも可能かもしれない。

「あ……でも、玲美さんは誰ともセックスしないんですよね？　それじゃ駄目じゃないですか」

「うーん、まあ、それがそもそもの問題なのよね」霧子は難しい顔で首をひねった。

「……けど玲美さんも、一度は幸一くんとしたんでしょう？」

「そうですけど……」

「じゃあ、可能性はあるんじゃないかしら。……うん、きっとあるわよ」

霧子はうんうんと頷き、拳で頼もしげに胸元を叩いてみせる。

「任せて。あたしがなんとかしてみる」

「本当ですか？」

「ええ、あたしも幸一くんのこと、だいぶ気に入っちゃったから。それに、玲美さんのためにもね」

〝潮騒の会〟では、会長というものを明確に決めてはいないそうだ。しかし会員の誰もが、玲美が一番のリーダーだと認めているという。

そんな玲美が充分なセックスを得られていないのは見過ごせない――霧子は力強くそう言った。

「このサークルの中では、あたしが一番、玲美さんと付き合いが長いんだから。一肌脱いであげないと」

2

翌日は、七月に入って最初の土曜日。

玲美の住むマンションの前にある海岸は、すでに海開きを済ませていた。

そのうえ今日は、梅雨の合間の五月晴れ。午前中で授業の終わった幸一がマンションに戻ってくると、海岸では多くの海水浴客たちが、泳いだり、食べたり、寝たりして、思い思いに楽しんでいた。

エレベーターで十階まで上がり、帰宅した幸一がリビングダイニングへ向かうと、玲美が待っていた。

「おかえりなさい、幸一くん。お昼ご飯はまだなのね？」

「はい、お願いします」

幸一はお腹がペコペコだった。大学からここまで、歩きと電車で一時間近くかかる。学食で昼食を済ませてから帰ってくるという選択肢もあるのだが、玲美がわざわざ手料理を作ってくれるというのだから、我慢しないわけにはいかなかった。

玲美の料理の腕は見事なもので、昼食に作ってくれたボロネーゼのパスタも実に美味しかった。ソースの挽肉以外にも炒めた牛肉がたっぷりと入っていて、なんとも食べ応えがあった。

「ごちそうさまでした。とっても美味しかったです」

「うふふ、幸一くんは本当に美味しそうに食べてくれるから、私も作り甲斐があるわ。ところで、食べ終わったばかりで悪いんだけど——」

霧子が待っているという。なんでも昼食が終わったらすぐに来てほしいと言っていたそうだ。

「なんだかわからないけれど、私も一緒に来るように言われているのよ」

「そうなんですか。じゃあ、行きましょう」

幸一は、玲美と共にリビングダイニングを出て内階段を上り、メゾネットの二階へと移動した。

海に面した一角に大きなバルコニーがある。幸一が使わせてもらっている十畳の部屋に匹敵するほどの面積だ。構造的にはメゾネットの一階の屋根の部分で、こういうのをルーフバルコニーというらしい。そこに霧子はいた。

オーシャンビューによく似合うウッドデッキ。そこには大きなパラソルが設置され、その日陰の中のリクライニングチェアで、霧子はゆったりと寝そべっている。ワイヤレスイヤホンで音楽を聴きながら、優雅に読書を楽しんでいた。

「霧子さん、幸一くんが帰ってきましたよ」と、玲美が声をかける。

手にしている文庫本からこちらに視線を移し、霧子はにっこりと笑った。脇にあるサイドテーブルに本を置くと、スマホを操作して音楽を止め、イヤホンも外す。

「ありがとう、玲美さん」

「どういたしまして。……ところで私にも、なにか用があるんですか？」

幸一がルーフバルコニーまで行くのに、わざわざ玲美がついてくる必要はない。なぜ自分まで来るように言われたのか、玲美は不思議に思っているようだった。

だが、幸一にはなんとなく察しがついていた。昨夜、霧子は〝任せて〟と言っていたのだから。幸一が玲美とセックスできるよう、なにか考えているに違いない。

結果は案の定だった。霧子は玲美に言った。

「ええ、お願いがあるのよ。あたしね、３Ｐがしたいの」

「え？」玲美は一瞬、目をぱちくりさせる。「えっと……それは、今日中ってわけじゃないですよね？」

霧子は笑顔で頷いた。「もちろん、今日中じゃなくて、今すぐよ。幸一くんが帰ってくるまで、エッチな本を読んで、気分を高めて待っていたんだから」

幸一は、サイドテーブルに置かれた文庫本を見る。赤いドレスの美熟女が、胸の谷間や太腿をきわどく晒して、ワイン片手に艶めかしくソファーにしなだれている――そんなイラストの表紙だった。タイトルは『ぼくのふしだらバイト』。明らかに官能小説である。

「そ、そんな、今すぐって」玲美は眉根を寄せて困惑を表した。「だったら、なんでもっと早く言ってくれなかったんですか。臨時で来てくれそうな人にお願いするとしても、今すぐは無理ですよ」

「ううん、違う違う」と、霧子は首を振る。「男の子をもう一人呼んでって言ってるわけじゃないの。あたしと幸一くん、それと玲美さんの三人でセックスしたいのよ。いいでしょう？」

そう言われた玲美は、引き攣った顔でしばらく固まってしまった。

それから猛然と首を振る。まるで首を振る勢いで霧子に勝とうとしているみたいだった。さらに両手もブンブンと振る。「い、いえ、私は……できません、あの、ごめんなさい……！」

「えー、なんでぇ？　三人だと恥ずかしいの？」

「ええと、それは……そ、そうですね、ちょっと恥ずかしいかなって……こ、幸一くんも、３Pは、恥ずかしいわよね？」

「いいえ、僕は別に」と、幸一まで首を振った。「玲美さん、霧子さんといっぺんにセックスできるなんて、むしろとっても嬉しいです」

「まあ、正直な子ねぇ。うふふっ」

霧子はリクライニングチェアから立ち上がり、玲美に詰め寄る。「ね、幸一くんはOKだって言ってるんだし、玲美さんもいいわよね？」

「いや、でも、私は……」

「ねえ、お願い。今日は朝からずっと〝幸一くんが帰ってきたら3Pするんだ〟って考えていて、もうすっかり3Pのオマ×コになっちゃってるのよぉ」

「そ、そんな、〝カレーの口になっちゃった〟みたいに言われても……」

「つれないこと言わないで。あたしと玲美さんの仲じゃない。ね？」

逃がさないとばかりに、霧子は玲美の手をつかんだ。

「それとも……なにかセックスできない理由でもあるの？」

そう言って、間近からじっと玲美の顔を覗き込む。

幸一もそれに加わった。「もしかして、僕とセックスするのが嫌なんですか？　採用テストのとき、下手くそだったから……」

無論、彼女がそんなことを考えているとは思っていなかった。

果たせるかな、玲美は慌てて否定してくる。

「う、ううん、幸一くん、そういうわけじゃないのよ。セックスをしたくないくらいにあなたが下手だったら、そもそもこの仕事に雇うはずないじゃない。だ、大丈夫よ、自信を持って」

「じゃあ……僕とセックスするの、嫌じゃないんですか？」

幸一はちょっとだけ演技をしていた。主人に構ってもらえなくてしゅんとしている仔犬のイメージだ。上目遣いで、じっと玲美の顔をうかがう。

「ああん、そんな顔して、もう……い、嫌なわけないじゃない」

玲美は観念したように呟いた。そして、

「幸一くんこそ……私とそんなにセックスしたいの？」と、尋ねてくる。

「はい、もちろんっ。僕、もう一度玲美さんとセックスして、今度こそ最後まで気持ち良くなってもらいたいと、ずっと思っていたんです」

「え……もしかして、前に私がイカなかったことを気にしていたの？　やだ、もう、幸一くんったら、しょうがない子ねぇ」

玲美は呆れたように笑った。

だがその瞳は、とても優しげだった。

「……わかったわ。じゃあ、あれからあなたがどれくらい上手になったのか、確かめさせてもらおうかしら」

その言葉を聞いて、霧子が歓声を上げる。

「やった。じゃあ、早速始めましょうっ」

すぐさま服を脱ぎ始める霧子。ニットのキャミソールとデニムのホットパンツを脱ぎ捨て、爆乳を覆うブラジャーを外し、パンティも——

「ちょっ、霧子さん……こ、ここでするつもりですかっ？」

3Pをすることは受け入れたようだが、さすがにこの場所でやるとは思っていなかったのだろう。玲美は慌てて辺りを見回す。

幸一も驚いたが、しかし心配はいらなかった。このルーフバルコニーは地上から十階分の高さにあり、この位置を覗けそうな他の建物は見当たらない。

このマンションにはもう一つ、ここと同じメゾネットのペントハウスがある。つまりはお隣さんだが、どちらもルーフバルコニーは建物の角にあり、たとえ柵から身を乗り出してみても、相手のルーフバルコニーを覗いたりすることは不可能だった。

すっかり裸になった霧子がハイテンションの声で叫ぶ。

「うっわぁ、こういうの初めてだけど……やっぱりドキドキするるっ。そっかぁ、外で裸になるって、こんな感じなのねぇ。ほら、二人とも早くぅ！」

幸一も覚悟を決めてTシャツを脱ぎ、ズボンとパンツを両足から引っこ抜いた。

素っ裸になった途端、不安と緊張、それになんともいえぬ高揚感が急激に込み上げてくる。

（お、おおっ、これは確かに……滅茶苦茶ドキドキするるっ！）

今の幸一に見えているのは、どこまでも広がる青い空と、遙かな水平線——。

芳《かぐわ》しい潮風が吹き抜け、身体中のあらゆる部分を撫でていく。

この場所は、もはや建物の外なのだ。そんなところで己の陰部をあからさまにしていると、常軌を逸した感覚が湧き上がってきた。なぜだか無性《むしょう》に大声で叫びたくてウズウズする。

「うふふっ、幸一くんも興奮してるみたいねぇ。さあ、後は玲美さんだけよ」

玲美はまだ戸惑っている様子だった。

が、この場にいる三人のうち、もはや服を着ているのは玲美のみ。一糸まとわぬ姿の幸一と霧子を交互に見て、やがて玲美も覚悟を決めたようだ。後ろ髪をまとめていたシュシュを外し、つややかな黒髪をさらりと背中に垂らす。

まとめ髪をほどいた彼女を見るのは初めてで、普段より少し若くなったような感じがした。髪型だけでずいぶん印象が変わるものだと、幸一は感慨に耽る。もちろん、今の彼女も実に魅力的である。

そして玲美は服を脱いでいった。スカートの下から、美しく肉づいた太腿が現れる。カットソーを脱いだ後には、ベージュのブラジャーとパンティも露わになった。セットの下着は、どちらも生地の一部が涼しげなメッシュで出来ており、パンティの方などは、恥毛の一部がしっかりと透けていて、いやがうえにも幸一の目を引きつける。

若牡の熱い視線を受け止めながらも、玲美は背中を向けたりはしなかった。ブラジャーを外し、丸々とした二つの膨らみを青空の下にさらけ出す。

ボロアパートでセックスをしたときは、彼女は最後まで白シャツを脱がなかった。幸一にとって、初めて見る玲美の生乳房である。

（おお、なんて綺麗なんだ……）

予想どおりの巨乳は、実に美しい丸みを帯びていた。肉厚の下乳はもちろんのこと、上乳にも充分な乳肉が乗っており、全体的に豊かなカーブを描いている。

単純な大きさでは、霧子の爆乳には及んでいなかった。綾のGカップよりも一回り下という感じで、おそらくはFカップ辺りではないだろうか。

それでも膨らみの厚みでは——乳山の標高では、それほど引けを取っているようには見えなかった。重力の影響を受けた自然な丸みは、ボリュームと形の良さを完璧に兼ね備えた、まさに肉の麗峰《れいほう》である。鮮やかなピンクの乳首が、肉房の頂点でツンと上を向いていた。

左右の足を順番に持ち上げてパンティを脱ぎ、ついに玲美も生まれたままの姿となる。ヴィーナスの丘の草叢は相変わらず黒々と茂っており、そして前回見たときと寸分違《たが》わぬ逆三角形に整えられていた。

「……玲美さんの裸、とっても綺麗です」

そんな褒め言葉が、思わず口を衝いた。大人の女らしく、全身が上質な脂で包まれており、それでいてくびれるべきところは、芸術的と言ってもいいほどに小気味良くくびれている。

「うふふ、ありがとう。……まあ」

玲美の視線が、幸一の股間に向いた。

美しく艶めかしい裸体に反応して、ペニスはムクムクと鎌首をもたげ、瞬く間に雄々しくそそり立った。

「幸一くんったら……」

玲美は嬉しそうに微笑む。目の下に赤みが差して、ますます色っぽい。

と、霧子が不満そうな顔で近づいてきた。「なぁに、玲美さんの裸で、もうオチ×ポがそんなになっちゃったの？　なんだか妬《や》けちゃうわぁ」

「ハハハ……霧子さんの裸も凄くエッチで、僕、好きですよ」

「ほんとに～？　ふふん、まあいいわ。信じてあげる」

若勃起を見つめながら霧子は舌舐めずりをする。

「それじゃ、あたしと玲美さんの両方をちゃんと褒められた幸一くんに、ご褒美をあげちゃおうかしら。さ、そのリクライニングチェアで仰向けになって」

言われたとおりにすると、霧子が横にしゃがんで、そびえ立つ肉棒に早速舌を這わせてきた。

「れろ、れろ、んちゅうっ……ほらぁ、玲美さんもそっちから舐めてあげて」

「は、はい……」

玲美が反対側にしゃがみ、屹立に朱唇を寄せる。セレブ美熟女二人による、なんとも贅沢なダブルフェラが始まった。

肉棒の右半分を霧子が、左半分を玲美が、まるでソフトクリームのようにペロリペロリと舐め上げる。

少しずつ舌が這い上っていって、雁首を越えると、二人は同時に亀頭を舐め回した。最初は霧子の方が積極的で、玲美は、霧子の舌に触れるたび、慌てて自分の舌を引っ込めていた。が、

「れろ、れろれろっ……うふふっ、幸一くんのオチ×ポ、今日も美味しいわぁ」

「ねちょ、れろ、ちゅむむっ……あん、先っぽから透明なお汁が……ん、ちゅるっ」

やがて玲美の瞳にも情火が宿り、霧子の舌と触れ合うことにも物怖じしなくなる。

二人の舌が活き活きと蠢き、亀頭の隅々から雁のくびれにまで、競うように唾液を塗りつけていった。

「あ、ああ、凄い……気持ち良すぎです」

舌が二枚に増えたことで、フェラチオの快感は二倍どころか、三倍、四倍にも跳ね上がった。口淫に熱が入るあまりか、二人の舌がときに絡み合って、まるで女同士でキスをしているような光景になり、それも幸一を大いに愉しませる。

さらに右を見れば爆乳が、左を見れば美巨乳が、タプタプ、ゆらゆらと、彼女たちの首の動きに合わせて艶めかしく揺れている。これぞ、まさに眼福《がんぷく》だ。

(午前中は大学で普通に授業を受けていたのに、今はこんなことになって……なんだ

か夢でも見ているみたいだ）

リクライニングチェアは、背もたれと座面が一繋がりの布で出来ていて、ハンモック感覚の寝心地である。

夏本番を迎える前のちょうどいい暖かさ。心地良い潮風。こんなにゆったりとしながら、しかし下半身では淫らな口奉仕を受けているという。まるで南の島の王様にでもなった気分だった。

しばらくするとダブルフェラの均衡は崩れ、霧子が亀頭をパクッと咥え込んでしまう。朱唇で雁首を締めつけ、首を振ってチュパチュパとしゃぶりだした。

「ああん、ずるいです、霧子さん……」

亀頭に加えて雁首まで独り占めされてしまった玲美は、やむを得ずという感じで竿に舌を這わせる。その代わり指の輪っかで肉棒の根元をしごき、もう片方の手は陰嚢をそっと揉み込んできた。

「おおぅ……ダ、ダメです、もう、出ちゃいます」

「んぽっ……あら、もう？」

亀頭を吐き出した霧子は、唾液まみれの亀頭冠を、ヌチャヌチャと指の輪でしごき立てる。

「いいわ、じゃあ精液がドッピュンするところ、また見せてちょうだい。ねえ、玲美さんは見たことある？　びっくりするくらい飛ぶのよ」

「そ、そうなんですか。確かに、私も中で出されたときは、物凄い勢いを感じましたけど……」

玲美も興味を持ったようで、尿道口に熱い視線を送りながら、加速した指の輪でペニスの幹を擦り、陰嚢からさらに会陰の方まで、淫らな指使いで撫で回してきた。

「くああっ、そんなに擦られたら……チ、チ×ポが熱い……！」

射精感が高ぶる。白いマグマの内圧に抗しきれなくなり、幸一は限界を迎える。後戻りできない甘美な焦燥感《しょうそうかん》が膨れ上がる――

が、その刹那《せつな》、不安が脳裏をよぎった。仰向けのまま、反り返った若勃起からザーメンを吐き出せばどうなるか？　間違いなく、自分の身体や顔にかかってしまうことだろう。

とっさにリクライニングチェアのフレームをつかみ、ガバッと身を起こした。その直後、煮え立つ白濁液が鈴口から噴き上がる。

「……うぐううっ!!」

青空を切り裂くように放物線を描いて、ザーメンが宙を舞った。

三メートル近く飛んだ液弾は、危うくルーフバルコニーの柵を越えて、遙か下の地上に撒《ま》き散らされるところだった。

目を丸くして驚く玲美。花火でも見上げているみたいに歓声を上げる霧子。

その後も、二発目、三発目の液弾が射出される。さらに四発目、五発目——最後は幸一の太腿にボタッと落ち、そして射精の痙攣は止まった。

屋外で、しかもこんな陽の光の下で精液を放つなど、無論、初めての経験である。

しかし、明るい場所にいるせいか、不思議と背徳感はあまりなかった。その代わり、とてつもない解放感が射精の悦《えつ》と混ざり合って、幸一を新たな世界に誘い込む。

(こ……これは、癖になりそうだ)

ただの手コキではあり得ぬ、目もくらむほどの絶頂感に、ゼエゼエと喘いだ。

しかし3Pはまだ始まったばかり。ペニスは一ミリも萎えずに屹立を保っており、ここからがいよいよ本番だ。霧子がルーフバルコニーの柵の方に駆けていく。

「幸一くん、ここ、ここでして。ほら、玲美さんも来てっ」

「き、霧子さん……そんな端まで行ったら、さすがに下にいる人たちに見られてしまいますよ」と、玲美が顔を引き攣らせた。

恐る恐る、幸一も柵に近寄っていく。そして、これなら大丈夫そうだと思った。

マンション前の広い道路の向こうに土手があり、その先に砂浜が広がっている。そこにはたくさんの海水浴客がいたが、ここからでは、どんな水着を着ているのかも大雑把にしか判別できなかった。つまり向こうからも、こちらの姿はその程度にしか見えていないはず。

では、マンションのすぐ前の道路からではどうだろうか？　砂浜よりも距離はぐんと近くなるが、その代わり屋上の縁に視線が遮《さえぎ》られることになる。仮にこちらが柵から身を乗り出したとしても、下の道路からでは、幸一たちの顔くらいしか見ることはできないだろう。

「ほ、本当に大丈夫なんですか……？　ああ、もしこんなことをしているのがバレたら、マンション内で噂になって、ここに住み続けられなくなっちゃうかも……」

そう言いながらも、幸一の剛直に引き寄せられるようにして、結局は玲美も柵の前までやってきた。

霧子が両手で柵をつかみ、馬跳びの体勢のように豊臀をドンと突き出してくる。

「さあ、どうぞ、幸一くん。オマ×コ、好きにしてぇ」

「あぁ、こんな場所で恥ずかしいわ。心臓が破裂しちゃいそう……！」

霧子の隣で、玲美も同じ体勢になって股ぐらをくつろげた。二つの肉花が左右に並ぶ。どちらもしっとりと湿っていて、つややかな光沢を帯びていた。

(ビラビラは、霧子さんの方が大きいな。でも色は、玲美さんの方が茶色が濃くって、使い込まれている感じだ)

幸一は、まずは左右の手の中指を、二つの肉穴に潜り込ませてみる。二人ともペニスへの口奉仕で興奮したのか、中の膣肉はそれなりに潤っていた。

軽く抜き差ししながらGスポットを探り出し、第一関節を曲げた指でカリカリと甘やかに引っ掻く。

「あうぅ、幸一くぅん、そこ……いい、いいわぁ、ああん、ひゃううっ」

「おうっ……んんんっ……本当に、上手になったわね、幸一くん……ひっ、いいっ」

二人の肉穴の入り口が、思い思いにキュッキュッと中指を締めつけてきた。

クンニと合わせて、指マンの仕方も、由花からかなり仕込まれた幸一だ。的確なGスポット責めで、たちまちどちらの膣穴も愛液を溢れさせる。さらにもう一本指を増やして膣肉を充分にほぐし、巨根の受け入れ準備を完了させた。

できることなら憧れの玲美の膣壺を真っ先に貫きたかったが、この3Pのお膳立てをしてくれた感謝も込めて、まずは霧子の穴にズブリと挿入する。

奥まで潜り込ませるや、コンコンコンと子宮口をノックするような、短いストロークの抽送を開始した。

「あうっ、はううっ……凄い、ほんと気持ちいいわぁ、幸一くんの、デ……デカチ×ポッ！　ポルチオが、奥のお肉が、ああん、蕩けちゃいそう」

ひとしきり霧子の肉壺にピストンを施したら、いったん結合を解いて、霧子の愛液をまとわせたままのペニスを、今度は玲美の膣穴に潜り込ませる。

「んおおっ……！　こ、幸一くんのオチ×チンが……あぁぁ、奥まで来てる……なんだか初めてしたときよりも、逞しくなっているみたい……ううんっ」

幸一はピクピクと震える女腰を鷲づかみにし、想い人と再び繋がれた歓びのままに腰を振って、勢いよく肉路を掘り返した。

童貞卒業のあのときに比べれば、腰使いもだいぶスムーズになっている。これが今の僕です――と、力強く、丁寧に、膣内の急所を突いて擦った。立ちバックの体勢で幸一が上体を傾けると、屹立の角度がこれまでより下向きになって、Gスポットへの当たりが強くなった。

ざらついたGスポットの肉襞にペニスの反りを擦りつけては、子宮口を小突き回す幸一。玲美は手の甲に筋が浮かぶほど柵を握り締めて、悩ましげな悶え声を上げる。

「あ、あっ、そんなことまで、できるようになっていたなんて……あうぅ、んんんぅ、ふ、ふぐうぅぅ」

相変わらず、玲美の上げる媚声はどこか苦しげだ。

が、のたうつ蛇の如くクネクネとよじれる背中の艶めかしさが、彼女が感じていることを表していた。その反応は、初めてのセックスのときよりも明らかに激しい。

背中を覆う黒髪が、右に左に、さらりさらりと翻弄《ほんろう》されている有様も、実に官能的だった。

と、不意に霧子が声を上げる。

「ねえ、あの子、もしかしてこっちを見ていない？」

柵の向こうに腕を伸ばし、マンションの正面の砂浜を指差す霧子。

その指の先に、幸一は目を凝らす。小さな子供が——多分、女の子だろう——おぼろげな人影がその場所にじっと立ち尽くしていて、確かにこちらを見ているようだった。

頭がスーッと冷える感覚に襲われ、幸一は動けなくなる。

玲美は慌てて双乳を両手で隠し、悲鳴のような声を上げた。「ま、まずいわ、離れて、幸一くん……！」

だが、その必要はないと霧子が言った。「あたしと玲美さんの身体は、この柵の下に隠れているはずだから、あの子には、裸かどうかなんてわかりっこないわよ」

大胆にも霧子は、砂浜の少女に向かって手を振った。

すると、少女もすぐに手を振り返してくる。

やがて父親と思われる男が、少女のそばにやってきた。

彼もこちらを見て、大きく手を振り、そして少女を連れて去っていった。

「ほら、ね？　あの様子なら、あたしたちがなにしてたかなんて気づいてないわよ」

霧子はなんとも楽しげである。幸一も、バクバクと痛いほどに高鳴る鼓動を感じながら、少なからずこのスリルに心地良い高揚感を覚えていた。

玲美はぐったりとし、柵の手すりに腕と頭を載せて、長い溜め息をこぼす。

「はあぁぁ……し、心臓が……止まるかと思ったわ……」

しかしその一方で、玲美の膣路は躍動していた。

キュキュッ、キューーッと、小気味良く肉棒を締めつけてくる。それは愉悦に浸っている女体の反応のようだった。

幸一は、止まってしまっていた嵌め腰を再開させる。途端に玲美は、先ほどまでよりもさらに激しく身悶えた。

「はうっ、おうぅんっ……ちょっと待って、幸一く……んんっ！　ううぅ、ダメ、ダメよぉ……ね、次は、次こそは、ほんとにバレちゃうかもぉおっ……！」

「そんなこと言って……玲美さん、感じてません？　もしかして、恥ずかしいのが気持ちいいんですか？」

「いや、いやぁ、そんなことないわぁ……うぐうぅ、んおおぉ……！」

立っているのが辛そうに、玲美の膝がカクカクと震える。

「あぁぁ、そんなに子宮口を突っつかないでぇ……う、うぅ、くっ、ぐふうぅ」

「ちょっと、幸一くん、そろそろあたしの方に戻ってきてぇ。３Ｐなのを忘れちゃ駄目なんだからぁ」

子供みたいに頬を膨らませた霧子が、幸一の二の腕をつねってきた。玲美を感じさせることについ夢中になっていた幸一は、慌てて霧子の膣穴に嵌め直す。

（いけない、いけない。霧子さんにもちゃんと満足してもらわなくちゃ）

こうして玲美とセックスをしていられるのも彼女のおかげ。感謝の念を込めて霧子の肉壺に剛直を突き立て、甘い喘ぎを搾り取った。それからまた玲美の穴に移り、そしてまた霧子の穴へ――。

正直なところ、やはり霧子の名器がもたらす快感は強烈だった。俵締めで裏筋と亀頭冠を擦り立てられ、ぐんぐんと射精感が込み上げてくる。

だが、玲美のあの苦しみ悶えるような反応にも、牡の劣情が沸き立った。霧子に嵌めて肉体的な性感を高め、玲美に嵌めて精神的な官能を高めていく。

身を乗り出して、タプンタプンと跳ねる双乳を揉みしだいたりもした。爆乳の柔らかさ、美巨乳の適度な弾力を掌で愉しみながら、それぞれの腋の下に鼻面を埋め込み、レロレロと舌を這わせる。

「やぁんっ、わ、腋っ、くすぐったぁい。あはっ、ああっ、ダメぇぇんっ」

「ひいっ、ち、乳首が、あぁぁ、そんなに転がさないで、く、く、んんんっ……！」

そして幸一は、汗の匂いを混ぜ合わせた、芳ばしくも甘い女の香りを胸一杯に吸い込んだ。玲美の方には、柑橘系の爽やかなフレーバーがほんのりと混ざっていた。

どちらの女体も素晴らしく、幸一は着実に射精の瞬間へと近づいていく。

しかし、ペニスを抜き取られてしまうたびにお預け状態を強《し》いられる二人は――特に霧子の方が、不満を募《つの》らせていた。

「ねえ、あたし、いろんなプレイに興味あるって言ったけど、焦らしプレイだけは性に合わないってわかったわ」

そして霧子は、体位を変えましょうと言う。幸一がウッドデッキに仰向けになって、その上に二人の女がまたがるのである。片方は幸一の腰に、片方は顔面に。

どちらがペニスを得るか？　玲美は霧子に譲ると言ったが、霧子は公平にジャンケンで決めましょうと言った。五回勝負で、最後まで勝敗はもつれ、結局は霧子がパーで勝利をつかむ。ちなみにその間も、幸一の指が二人の蜜壺を掻き混ぜ続けていた。

女たちの分担が決まったら、幸一は早速ウッドデッキに横たわる。

霧子が幸一の腰をまたいだ。屹立を握って上を向かせると、よだれを垂らさんばかりのアへ顔を晒しつつ、情火に火照る膣穴へペニスを収める。

巨根のすべてを呑み込むや、すぐさま安産型の豊臀を弾ませ、自ら最奥の膣肉をズンッズンッズンッと抉り始めた。

「あっ、あんっ、あふっ……外でするセックスが……こ、こんなに気持ちいいなんて……やっぱり、なんでも試してみないと、わからないものねぇ……おっ、おほっ、おふぅんっ」

一方の玲美は、戸惑った様子でもじもじと立ち尽くしていた。

幸一は彼女を促す。「どうぞ、玲美さんも来てください」

「で、でも……さっきまで幸一くんのオチ×チンが入っていたところよ。そこを舐めるなんて、嫌じゃないの？」

「平気です。遠慮しないで、さあ」

中出しした後のザーメンまみれの女陰を舐めろと言われたわけではないので、それほど気にはならなかった。

「わかったわ。じゃあ……し、失礼するわね……」

霧子と向かい合う格好で、躊躇いがちに幸一の顔をまたぐ玲美。

彼女の艶尻《つやじり》が、白蜜を滴らせた割れ目が、ゆっくりと顔面に迫ってくる。鮮やかに色づいたピンクの肛門も丸見えだ。

そして、左右の臀丘がそっと幸一の頬を包み、濡れた肉溝が口元に触れる。

彼女にクンニをするのは初めてだ。深呼吸をすると、甘酸っぱいヨーグルト臭が鼻腔に流れ込んでくる。口の中に唾液が溢れてきて、それを塗りつけるように割れ目に舌を這わせた。

双臀の肉がプルプルッと震え、玲美が悩ましげな媚声を漏らす。

「お、おおぅ、んおおっ……幸一くん、女のアソコを舐めるのもこんなに上手に……はんっ、ふ、ふうっ……あ、あっ、クリトリスぅぅ」

膨らみきって包皮からこぼれ出た肉真珠を舐め転がし、唇で挟んで揉みしだいた。

ジュルジュルと卑猥な音を響かせて膣口から直に女蜜を吸い立てる。穴の中に舌をねじ込み、軟体動物の如く蠢かせて膣肉を蹂躙《じゅうりん》する。

玲美の喘ぎ声はどんどん切羽詰まったものになり、遠慮がちに顔に触れていただけの双臀も、いつしかどっかりと着座していた。

「んあぁ、い、いっ……幸一くん、お願い、クリ……か、噛んでっ」

彼女の望み通りに、幸一は前歯で肉豆を挟み込む。「もっと、もっと強くぅ！」と玲美に言われるまま、前歯を食い込ませていった。こんなに噛んで大丈夫なのかと心配になったが、

「ひいいっ……そ、そうよ……そんな感じで……お、おほっ、おうぅぅ！」

はしたなく腰をくねらせ、玲美はヌチャヌチャと割れ目を擦りつけてくる。

幸一は鼻を塞がれ、かなりの息苦しさを覚えながら、しかし懸命に舌を使い続けた。腰も振って、霧子の膣穴を屹立で突き上げ続けた。射精感は今にも爆発しそうだが、それも必死に我慢した。

(苦しい……気持ちいい……苦しい……気持ちいい……！)

もはや屋外でセックスしていることも忘れ、全身全霊をもって女たちに奉仕する。

やがて霧子が、続けて玲美が、感極まった嬌声を上げた。

「あ、あ、来た、来たっ……あぁぁ、あううぅん、イクイク、イクううーッ!!」

「んひぃい、クリトリス、弾けちゃいそう……おう、おふぅ、イッ……クゥ……!!」

ギュギューッと痙攣する霧子の膣壺、プルプルと波打つ玲美の尻肉。

（イッた、二人とも……！）

二人のアクメを知った幸一に、もはやあと一秒でも、射精を先延ばしにすることは不可能だった。

「ムグッ、うっ……ウグウウウーッ!!」

精気が失われていく――それがはっきりわかるほどのザーメンの大放出。

息苦しさと肉悦の極みが、幸一の意識を白く溶かしていく。

白く、白く――何も考えられなくなる。

気を失う間際、海から吹き寄せてくる風に乗って、微かな潮騒が聞こえたような気がした。


幸一がベッドで目を覚ますと、そこは見たことのない場所――玲美の部屋だった。

ベッドの横では、肩を落とした玲美がうなだれており、そして霧子の姿はなかった。

幸一をここまで運んだ後、霧子は自分の部屋に戻っていったという。

玲美の部屋はルーフバルコニーのすぐ隣で、一階の幸一の部屋まで運ぶよりも、こちらを選んだのだそうだ。幸一が寝ていたのは、玲美のベッドだった。幸一たちの部屋同様、ここもクイーンサイズである。

状況をひととおり理解した幸一に、玲美は深々と頭を下げて謝った。

「ごめんなさい、幸一くん。私のせいで、苦しかったわよね……」

幸一は「気にしないでください」と言って笑う。

「それより次は、玲美さんの番ですよ」

クンニで彼女をイカせることはできたようだが、しかしまだ幸一の気はすんでいなかった。やはりセックスで彼女を絶頂に導くまでは満足できないのである。

幸一も玲美も、まだ裸のままだった。ムクムクとペニスが気色ばむ。身体を起こした幸一は、彼女の手をそっと握った。

しかし、玲美はうつむき、申し訳なさそうに首を振る。

「いいの、幸一くん。私はもう、さっきので充分だから……」

「そんな……」

幸一は諦めず、玲美の手を放さなかった。だが、いつまで待っても玲美はベッドに上がろうとはしない。痺れを切らした幸一は、彼女に詰め寄る。

「僕とセックスするの、嫌じゃないんですよね……？」

「ええ、もちろんよ。ただ、その……セックスをね、するのはいいの。でも、した後が……」

「した後が……？」

玲美は——胸に手を当て、短い溜め息をこぼした。

「わかったわ。正直に言うわね……。私、自分を愛してくれる人とのセックスじゃないと駄目なの。たとえイッても、そのあとにとてもむなしい気分になっちゃうのよ」

「……え？」

「〝潮騒の会〟なんて作って、快楽優先のセックスをみんなに提供している私がなにを言っているんだって思うでしょう？」玲美は自嘲するように笑う。「でも、本当にそうなのよ。幸一くんは、そういう経験ないかしら？」

確かに、オナニーのあとに気持ちが沈んでしまうことは、たまにだがあった。

彼女の場合は、その何倍も強い鬱感情なのだろうか。夫を亡くしたことが、その心に影響を与えているのかもしれない。

幸一は玲美の話を信じた。彼女がそのような嘘をつく人だとは思えないし、霧子から聞いた、玲美が雇った男たちとセックスをしたがらないという話とも合致した。

そして、幸一の胸に希望の光が灯《とも》る。

彼女の言葉を信じるなら、問題はすでに解決しているのだから。

「僕が、玲美さんのことを……愛していますと言ったら、信じてくれますか？」

「え……な、なにを言ってるの……？」

幸一はベッドの縁に移動し、戸惑っている玲美に顔を近づける。

いきなり、唇を奪った。

玲美は目を見開き、とっさに後ろに身を引こうとする。

だが幸一の手は、逃がさないとばかりに、未だ彼女の手を握っていた。もう片方の手でも、彼女の空いている手を握る。

互いの唇が触れ合うだけの淡いキス。

しかし幸一の恋心を伝えるには、それで充分だった。

玲美はもう後ろに逃げようとはせず、幸一の手を振り払おうともしなかった。

(柔らかくて、なめらかで……玲美さんの唇、とっても気持ちいい……)

幸一は唇を優しく押し当て、軽く上下に動かしてみる。上唇と下唇の凹凸が嚙み合っては擦れ、仄かで甘美な摩擦快感を生み出した。

やがて——幸一は朱唇の感触に未練を残しつつも、彼女から顔を離して、両手も放す。

すると玲美は、紅潮した頰に手を当て、まるで少女のように恥じらった。

「やだ……こんな初々しいキスをされたら、なんだか若い頃に戻ったみたいな気分になっちゃうわ」

その様子がとても可愛くて、幸一の男心が高揚する。

「まだ全然若いですよ」と言って、今度は玲美の美巨乳に顔を近づけた。両手で鷲づかみにしながら、ペロリペロリとピンクの肉突起を舐め上げる。

と、色っぽい鼻息を漏らして、玲美が言った。

「ね……そこ、噛んでちょうだい」

言われたとおりに前歯を食い込ませれば、玲美は艶めかしく身悶える。

「さっきのクリトリスのときもそうでしたけど……痛くないんですか？」と、幸一は尋ねた。

すると玲美は、困ったような苦笑いを浮かべる。

それから幸一に背中を向け、長い黒髪を背中から払いのけた。左右の肩甲骨《けんこうこつ》の間の辺りになにかがあって、幸一は思わず凝視する。

それは、うっすらと残る赤い痕《あと》だった。

〝これがなにに見えますか？〟でお馴染みの性格検査――ロールシャッハ・テストで使われる模様のように、その形は幸一にあるものを想起させる。

まさに幸一は、それが蝶のように見えた。

3

夫が死んで以来の愛の言葉に、玲美は年甲斐もなく胸をときめかせていた。

だが、玲美の頭の中で、冷静な声が響いた。まだ浮かれるのは早い、と。未だ少年の面影をしっかりと残している彼が、年増女の倒錯した本性を知っても、なお愛していると言い続けられるだろうか？

だから玲美は、自らの背中をさらけ出す覚悟を決めたのだ。

彼の強い視線を感じながら、

「それは、蠟燭《ろうそく》の蠟を垂らされて出来た火傷《やけど》の痕よ」と言った。

「蠟燭……火傷……？」

「私ね、マゾなの。痛くされるのが好きなのよ」

戸惑う彼に、玲美は亡夫との思い出を語る。

かつて玲美は動物病院で看護師をしていた。そのときの玲美は、まだ苦痛に悦びを覚えるような女ではなかった。しかし、飼い主に可愛がられているペットを見ると、自分もあんなふうに愛されたい、羨ましいと思わずにはいられなかったという。

ある日、ペットの犬を連れて、とある老人が動物病院にやってきた。彼は、玲美が〝ご主人様に飼われたい〟という願望を持っていることにすぐ気づいたという。その老人が、玲美の亡き夫だった。

自分の秘めた願望を見抜かれて、玲美は彼にすっかり心を奪われた。そして、知り合って半年足らずで結婚する。

亡夫はサディスティックなプレイを好む性格だった。男としての機能はほとんど失っていたが、だからこそなのか、様々な道具を駆使して、玲美にマゾ牝の悦びを徹底的に教え込んだそうだ。

「だから私は、もう普通じゃないの。虐《いじ》められて悦ぶ変態なのよ」

玲美は、背中の火傷を見せつけたまま彼に問いかけた。

「こんな女でも……愛してくれる？」

まだ大学生の初心《うぶ》な子がこんなものを見せられたら、きっと怖じ気《おけ》づいてしまうだろう――

それでも仕方がないと玲美は思う。

しかし、幸一の反応は意外なものだった。

「……とっても綺麗です」と、彼は呟いた。

「白くて美しい玲美さんの背中に、蝶のような模様が凄く映えて……ありがちな言い回しかもしれませんが、まるで芸術作品のようです」

そして幸一は、玲美の背中の痕に口づけをした。それはまるで、海外の男性が女性の手の甲にキスをして敬愛を表すように。

「幸一くん……平気なの？　気味が悪いとか思わない？」

「いいえ、ちっとも」と言い、幸一は火傷の蝶を優しく舐めた。「……まあ、少しは驚きましたけど、でも、それだけです。れろ、れろ……これだけの痕が残るほどの火傷は、きっと痛かったでしょうね」

幸一の舌が少しずつ這い上がっていく。彼の手が、玲美の両肩をそっとつかむ。

「でも、玲美さんがそういうのを、痛いのを望んでいるのなら……僕も、同じようにしたいです。玲美さんに、気持ち良くなってもらいたいです」

そう言って、玲美の肩の付け根に噛みついてきた。甘噛みよりも、もっと強く。

一瞬の痛み、そしてその後にじわじわと込み上げてくる快美感――。たまらずに玲美は身震いする。ゾクゾクする感覚が背筋を駆け抜ける。

(幸一くん、私の性癖を受け入れて、さらに満たしてくれるって言うの……？)

高ぶる気持ちを悟られぬよう、努めて静かに玲美は言った。

「……じゃあ、抱いて。乱暴に、犯すみたいに愛してちょうだい」

ベッドに上がり、四つん這いになって、女の中心を彼に見せつけた。

膣壺がもはや充分に潤っているのが感覚でわかる。先ほどの中学生カップルのファーストキスの如き口づけで、驚くほどに女体は燃え上がってしまったのだ。

幸一も四つん這いになって、玲美の股ぐらににじり寄ってくる。

「ああ、玲美さん……玲美さんは……お尻の穴も、とても綺麗ですね」

「え……あ、ンンンッ!?」

思いも寄らず、肛門を舐められた。ぬめる舌肉が、躊躇いもなければ遠慮もなく、排泄口に擦りつけられる。

玲美のそこは、未だ手つかずの場所だった。生前の夫は、いずれは妻の肛門を、クリトリスや膣穴に劣らぬ性器に開発するつもりだったらしいが、それを始める前に寿命を迎えてしまったのだった。

「だ……駄目よ、そんなところ舐めちゃ……あ、あ、やめて、ほんとに汚いわ……んほっ、おおぉ、ううぅっ……！」

あろうことか、幸一は舌先を尖らせ、肛門の奥に潜り込ませようとする。

玲美は肛門を締め上げ、なんとかそれを防ごうとしたが、舌先で執拗《しつよう》にこじられているうち、ムズムズするような性感が湧き上がり——ほんの一瞬の隙を衝かれて、侵入を許してしまう。

「おっ、おう、おううっ……ダ、ダメ……ダメなのにぃ……いやあぁ、そんなにほじくらないでぇ」

直腸内で蠢かれる感覚に、玲美はゾッとした。

だが、そんな生理的嫌悪感も、マゾ牝である玲美にとっては悦びの種となる。

(あ、あ、まさか、お尻の穴で感じちゃうなんて……)

やがて、ようやく舌を抜き取った幸一は、菊座を指でこねながら尋ねてきた。

「玲美さん、アナルセックスの経験は？」

「ううぅ……な、ないわ……あ、あうっ」

肛肉をこねられる感覚に双臀をひくつかせながら、玲美からも尋ねる。

「幸一くんは……したいの？　アナルセックス……」

「はいっ」

少年のように無邪気な笑顔で答える幸一。

こんな顔をした彼に拒絶を伝えることは、玲美にはできなかった。

なにより玲美自身が、期待を禁じ得なくなっていた。長いだけでなく、並外れた太さを誇る彼のペニス。これを未開発のアヌスに迎え入れたら、いったいどんなことになってしまうだろう――と。

「……わかったわ。でも、お尻の穴でするなら、ちょっと待って。今、ローションを持ってくるから……」

しかし幸一は「必要ないですよ」と言い、すでに完全勃起状態となったイチモツを、まずは膣壷に差し込んだ。

「は、はぅんっ……」

軽い抽送で淫蜜をたっぷりと絡め取ってから、彼はペニスを引き抜き、返す刀で肛門にあてがってくる。

次の瞬間、玲美は強い圧力を感じた。後ろの窄まりがグイグイと内側に押し込まれるほどの力強さ。そして、まるで鈍器のような硬さ。不安と恐怖が込み上げる。

だからこそ、玲美のマゾ欲は沸き立った。深く息を吐いて、下半身から力を抜く。アヌスは緩み、途端に剛直がズルッと狭き門を潜り抜けた。

「ふおっ……んおおぉうっ！」

予想以上の拡張感に、それがもたらす痛みと苦しみに、玲美は獣の如く唸る。

「あ、あぐうぅ、やっぱり太すぎ……さ、裂けちゃうぅぅん」

やはり、指すら入れたことのないアナル処女には荷が重すぎる巨根だった。

だがそれゆえに、強烈なマゾ悦が玲美にもたらされる。視界がチカチカと瞬き、ほんの一瞬だが、軽微なオルガスムスが背筋を痺れさせた。

「ヒイッ……クゥウ……!!」

「ううっ、し、締まる……オマ×コよりもずっと……!」

アクメによって肛門がギュギュッと強張ると、幸一が悲鳴を上げる。

それでも彼は、玲美の腰をがっちりとつかんで、敢然と抽送を始めた。しかし、愛液のぬめりによって挿入はなされたものの、巨根を狭穴に抜き差しするには、どうにも潤滑液が足りない。苛烈な摩擦感に、玲美は奥歯を噛む。

「ううぅうん……あ、熱い、お尻の穴が灼《や》けちゃいそう……!」

いったん嵌め腰を止めて、幸一が尋ねてきた。

「……やめますか？」

「やめないでッ」

玲美が叫ぶと、幸一はわかりましたと言って、すぐにピストンを再開する。そして、少しずつ腰の回転を速めていった。

（痛い、痛い、痛い……ああっ！）

肛穴の縁が擦り切れそうな痛みと、巨大な異物が腸内に無理矢理潜り込んでくる苦しみに、涙が溢れてくる。

だがそれは、嬉し涙でもあった。

夫を亡くしてから自虐的なオナニーに耽ったこともあったが、やはり自分で自分を痛めつけても、なかなかマゾ心を満たすことはできなかった。自虐オナニーでは、どんなに赦しを請うても情け容赦なく責め続けられる——ということはない。厳しい責めの中に優しさや気遣いがチラリと垣間見える——ということもない。

今、こうして他人の手によって与えられる苦痛は、自虐オナニーとはまるで趣が違った。久しぶりの被虐の悦びに、玲美は血を熱くする。

そして、玲美がマゾ性癖をカミングアウトしたからか、幸一はさらに荒々しく女体を責めてきた。

両腕を手綱《たづな》の如く引っ張られた玲美は、力尽くで上体を立たせられ、双乳を滅茶苦茶に揉み潰された。ちぎれんばかりに乳首をねじられた。

フル勃起のクリトリスも指で乱暴に転がされ、蚊に刺されたところにするように、バッテン印で爪を食い込まされる。

「ヒッ……ヒイイッ！　す、凄おォンッ！」

「これでもまだ気持ちいいんですか？　そうなんですね？　ああ……玲美さん、凄く、凄くいやらしいですっ」

「そ……そうよ、もっと、もっと……！　スケベな変態女の私を、幸一くんの手でメチャメチャにしてぇぇ」

幸一の施す嗜虐プレイに、玲美は酔いしれた。

もちろんＳＭプレイに熟練した亡夫のようにはできていない。マゾの悦びを徹底的に教え込まれた玲美としては少々物足りなくもあった。もっと激しい肉責めでも、もはやセックスの範疇《はんちゅう》に収まりきらないような苦痛でも、玲美は快感を得られるのだ。

しかし、こんなソフトなＳＭプレイでも、心はしっかりと満たされていく。

彼なりに精一杯マゾ女を悦ばせようと努力してくれているのだ。なんて健気《けなげ》なんだろうと、玲美は胸が熱くなる。

(私、思い違いをしていたのかも)

金で雇った男とセックスをしても満足できなかったのは、相手が自分を愛してくれていないからではなく、自分が相手を愛していなかったからではないだろうか。

玲美は今、幸一を愛おしく思っていた。

彼は、十歳以上も年の離れたアラサー女を愛していると言ってくれた。マゾの自分を蔑むことなく、素直に受け入れてくれた。

（ああ、なんて可愛い子なのかしら。私、幸一くんのことが好きになっているわ。だから、こんなに気持ちいいのかも）

自分が愛する者とのセックスでなければ気持ち良くなれない――特に珍しい話ではない。そんな簡単なことに気づかなかったのは、

（愛していた夫を喪《うしな》って、もう一度誰かを好きになることに臆病になっていたのかも。もう二度と、あんな悲しい思いはしたくなかったから……）

だが、愛と性の悦びを取り戻した玲美に、もはやそれを手放すことはできない。高ぶる官能が理性を溶かし、それ以外のことを考える余裕を奪い取った。数年ぶりの真のオルガスムスが迫ってくる――。

4

玲美のアヌスの嵌め心地に、幸一は先走り汁をちびり続けていた。

分厚いゴムのような感触の肉輪に雁首をしごかれるたび、痺れるような愉悦が溢れ

出した。肛門以外の場所の摩擦感はないに等しいが、膣口ではあり得ないほどの強烈な締めつけは、ノーマルセックスに劣らぬ快感をもたらしてくれる。

みるみるうちに白いマグマの熱と圧力は高まっていった。しかし、先に果てたのは玲美の方だった。

「幸一くん、私、イクッ……お尻の穴をいじめられて、んほおぉ、イックうぅ!!」

声高《こわだか》に叫ぶや、狂おしげに全身を戦慄かせる。幸一は小刻みなピストンで雁首をピンポイントに擦り倒し、彼女の後を追った。

「お、おおぉ、玲美さん、僕も……イッ……イクッ、ウウウウッ!!」

燃え上がる彼女の直腸に、大量のザーメン浣腸《かんちょう》を施した。

射精の勢いがやむと、汗まみれの美貌に髪の毛を張りつかせて、玲美が振り返る。

喘ぎ交じりにこう言った。

「幸一くん、今ので今日、三回目の射精よね。まだ、できる?」

「もちろんですっ」

すぐさま、幸一が嵌め腰を再稼働させれば、玲美は女豹のポーズで背中を反らし、ブルブルと歓喜に打ち震える。

今まで自分がサディストだと思ったことはないが、彼女が悦んでくれるなら、幸一は自分でも驚くほど容赦なく女体を責めることができた。赤く腫れて、微かに血を滲ませている無残な肛穴に、ゴリゴリと太マラを擦りつける。

「玲美さんの肛門、大変なことになってますよ。これでもまだ、大丈夫なんですか？」

「ええ……い、いいわ、とっても痛くて、気持ちいいのぉ！」

眉間に深い皺を刻み、口元に妖しい笑みを浮かべ――苦悶と快感の入り交じった玲美の顔は、まさしく凄艶と呼ぶにふさわしかった。

彼女はキリッと幸一を見据えてくる。

「でも、他の人たちにこんな乱暴なことをしては駄目よ。こんなふうにしていいのは私だけ……私にだけよ、いいっ？」

「はいっ、玲美さんにだけですね！」

それから幸一は、請われるままに彼女の美臀へ平手を叩き込んだ。パンッパンッパーンッと破裂音が響き、白い尻たぶが真っ赤に腫れ上がる。

「ヒギイィ、イクッ、イクッ、またイグウウーッ!!」

よほどスパンキングが効いたのか、あるいはイキ癖がついてしまったのか、玲美は呆気ないほどの早さで、次のオルガスムスを迎えた。

幸一は休むことなくピストンを続け、本日四度目のザーメンを吐き出す。その後を追うように、またも玲美が昇り詰めた。

「うおっ……おおおっ……ウグウゥ!!」

「おぉおん、出てる、幸一くんの精液、こんなに出されたらお尻の穴で妊娠しちゃいそうっ、あぁぁ、イグッ、イグイグイグーッ!!」

さすがに力尽きたのか、玲美はベッドに倒れ伏す。

ゼエゼエと喘ぎながらぐったりとしている玲美。そんな彼女の尻を、幸一はスパーンッと容赦なくひっぱたいた。

「ハウゥンッ!?」

「まだ終わりじゃないですよ!」

玲美となら、何度だってセックスできる。何回でも射精できる。

幸一はこの後、さらに二回射精した。そして玲美は、その倍の四回絶頂して、今度は彼女が失神する。

アクメ潮だけでなく、黄金色に輝く液体を勢いよく撒き散らして――。

エピローグ

それからも玲美のマンションには、〝潮騒の会〟のセレブマダムたちが、入れ替わり立ち替わり泊まりに来た。どうやら幸一のことが口コミで広まったらしく、巨根と絶倫を目当てにやってくる会員は日に日に増え、五部屋あるゲストルームがとうとう満杯になってしまった。

幸一が使わせてもらっていた部屋も会員に譲ることとなる。その代わり、幸一は玲美の部屋で寝泊まりすることとなった。一日の終わりに、クイーンベッドで玲美と寝床を共にすれば、他のセレブマダムたちにどれだけ精を放った後でも、ペニスは隆々とそそり立つのだ。玲美は、自分以外の女壺に嵌まっていたペニスを取り返さんとするように、嫉妬心を欲情に転じて激しく幸一を求めた。

そして十日ほど経った頃、幸一は大学で思わぬ再会を果たす。

夜逃げをしていた高泰が、何事もなかったみたいに授業を受けに来ていたのだ。

いずれは戻ってくるだろうと幸一も思っていたが、こんなに早いとはさすがに意外だった。なんでも、これまでセフレの女性たちの家を転々としていたらしいが、そのうちの一人に事情を話したところ、いつまでも逃げ回れると思うの？　大学も放り出して、将来どうする気？　と、一晩中説教されたそうだ。それで戻ってくる気になったという。

幸一はこれまでの経緯を話し、玲美のアルバイトが全然危険なものではなかったことを謝った。すると、「そっか、それは良かったな」と言って、高泰はニヤリと笑う。

「お前もやっと童貞を卒業できたんだな。俺のおかげだぜ。感謝しろよ？」

少しも怒っていない親友の様子に、幸一は心からほっとした。

「う、うん、ごめんね、僕ばかりいい目を見ちゃって」照れ笑いを浮かべた幸一は、セックス奉仕員の仕事を高泰に交代してもらえるよう、玲美にお願いすると約束する。

「あと、これまで稼いだ分のお金も、高泰くんに渡すよ。僕は別に、お金が必要だったわけじゃないし」

しかし高泰は、笑いながらも幸一のバイト代の件は断った。「バカ、いいよ。元々、事故を起こした俺の責任なんだから、ちゃんと自分で働いて返すさ」

授業の後、玲美に連絡を入れると、二つ返事で高泰との交代が受け入れられた。

こうして幸一は、〝潮騒の会〟のアルバイトを辞めることとなった。

それから二週間ほど経ち、八月を迎える。

大学の前期試験を無事に終えた幸一は、夏休みに入った。

あの後、幸一に代わって〝潮騒の会〟のアルバイトを始めた高泰は、ギリギリで赤点を回避して前期試験を乗り越えつつ、今も奉仕員として励んでいる。

これまでたくさんの彼女やセフレと付き合ってきただけに、女の扱いには慣れていて、そのうえイケメン――〝潮騒の会〟での彼の評判は上々だそうだ。

だが一方で、また幸一に奉仕員をやってほしいという要望が、会員たちの中で日に日に高まっていた。あの綾もそれを熱望する一人だし、由花などは、幸一が来てくれないなら会員を辞めるとまで言っているらしい。

〝潮騒の会〟でリーダー的な役割を務める玲美には、そういう意見を完全に無視することはできなかった。それで、一週間限定の臨時奉仕員として、幸一は再び玲美のマンションに向かうこととなる。

幸一がアルバイトを辞めた後も、玲美との関係は無論続いていた。

前期試験の期間中はさすがに控えたが、その前には何度かデートをした。一緒に映画を観たり、食事に行ったりして、そして夜にはたっぷりと愛し合った。SMプレイができるラブホテルに行ったこともある。

女性との初めての交際に、幸一は夢中になった。玲美も——普通のカップルがするようなデートは、亡夫とはあまりできなかったそうで、幸一との時間を心から楽しんでいる様子だった。

玲美としては、幸一が他の女とセックスするのは嬉しくないという。

もちろん、幸一に浮気をするつもりなど欠片もない。ただ、奉仕員の仕事を引き受けた以上、女たちの性欲を満たすために全力を尽くすつもりだ。

臨時バイトの初日、玲美の車でやってきた幸一は、マンションの駐車場で降りると、すぐにペントハウスには向かわず、二人で海岸に向かった。

海の家で、準備していた水着に着替え、その上にラッシュガードを着込み、二人は海辺のデートを楽しむ。かき氷を買って、

「はい、玲美さん、あーん」

「やだぁ、幸一くんったら……あ、あむっ」

玲美の亡夫も草葉の陰で呆れるような甘ったるいやり取りの後、砂浜を散歩した。

夏真っ盛りで、ギラギラと午後の日差しが照るなか、大勢の海水浴客が海岸を埋め

尽くしていた。イチャつくカップルの数も多い。そんな彼らと同じように、幸一たちもしっかりと指を絡めて手を繋ぎ、サクサクと白い砂を踏みしめて歩いていった。

「私と幸一くんって、周りからどう見えているのかしら……？」

周囲のカップルを眺めながら、玲美がぼそりと言う。

「もちろん、恋人同士でしょう」

幸一がそう言うと、玲美は嬉しそうに微笑んで、恋人繋ぎの手に力を込めた。

「……そろそろマンションに戻らないといけないわね。会員の皆さんが、幸一くんが来るのを待っているし」

でも——と、玲美は呟く。

「まだ、もう少し……幸一くんを独り占めしていたいの」

頬を赤くしてうつむく玲美。幸一は、そんな彼女が可愛くてたまらなくなった。

そして愛情と共に、沸々《ふつふつ》と嗜虐心《しぎやくしん》が湧いてくる。

「じゃあ、マンションに行く前に、そのラッシュガードのファスナーを下げてくれますか？」

するると玲美は立ち止まり、ますます頬を火照らせた。

困ったように眉根を寄せるが、それでも小さく頷いて、ラッシュガードの前を開いていく。今や玲美は、幸一の言葉に逆らうことはなかった。

下まで行ったファスナーが外れた瞬間、吹きつける潮風を含んでラッシュガードが大きくはためき――

マイクロビキニをまとった女体が、勢いよくさらけ出された。

「きゃっ」と、玲美は声を上げてしまう。そのせいで、余計に周囲の視線が集まった。玲美の格好を見た者たちは、一様に目を丸くする。

その水着は、今日のために幸一がネット通販で購入したものだった。

極小の三角形が辛うじて乳首と乳輪をガードしており、それ以外の、Fカップの肉房のほとんどが丸出しとなっていた。

ラッシュガードの裾に隠れていた股間の部分も、細長い三角形がギリギリのところで割れ目を覆っていたが、こんもりと膨らんだ恥丘の半分近くが露わとなっている。

この水着のことは事前に玲美に伝えていたので、彼女はちゃんとアンダーヘアの手入れをしてきてくれた。恥丘の茂みはすっかり剃り落とされ、幼女のようにツルツルだった。

ちなみにビキニショーツの後ろ側は完全に紐――いわゆるTバックである。

「おおっ、いいですね。玲美さんに凄く似合っています。とってもセクシーです」

通販サイトの画像を見て想像を膨らませていた幸一だが、実際にマイクロビキニを着ている玲美の姿は、思っていたよりも遙かに破廉恥だった。

周囲の男たちは、老いも若きも鼻の下を伸ばし、助平《すけべえ》な視線を玲美の身体に向けてくる。小さい男の子が玲美を指差して「オッパイ、オッパイ！」と声を上げ、その母親にズルズルと引きずられていった。

「い、いやぁ……みんなに見られてるぅ……」

玲美は顔中を火照らせ、悩ましげに身をくねらせる。

だが、彼女は羞恥に悦びを覚える質なのだと、幸一はすでに理解していた。

もし今、男たちの好色な眼差しに加えて、女たちの蔑《さげす》むような冷たい視線もあれば、玲美はさらにマゾ心を熱くしたことだろう。

しかし、玲美はあまりに美しすぎた。美の女神の如き完璧すぎるプロポーションに、周囲の女たちは、蔑むどころか羨望の眼差しを送ってくる。

やがては人だかりが出来てしまい、そのせいで監視員までやってきた。幸一は、玲美のラッシュガードのファスナーを急いで閉じると、彼女の腕をつかんで、正面の人垣に突っ込む。「すみません、通してくださいっ」

なんとか監視員に見つかる前に逃げられた。幸一はほっとして、ついクスクスと笑いだす。玲美はぐったりした様子で溜め息をついた。

「ああ、もう……死ぬほど恥ずかしかったわ。幸一くんって、私に恥ずかしい思いをさせるのが本当に好きなのね。わざわざ、こんないやらしい水着まで用意して……」

「だって玲美さん、恥ずかしいの好きでしょう？」

「それは……ええ、そうよ。どうせ私は、淫乱なマゾ女ですから」

一瞬、反論しそうな気配もあったが、玲美はすぐに開き直って、幸一の耳元に囁いた。

「幸一くんのせいで、もうエッチな気持ちが止まらないの。アソコもジンジンして、いやらしいお汁が水着に染みてきちゃってるわ。これ、ちゃんと責任取ってくれるのかしら？」

幸一は、玲美の媚声で耳の穴をくすぐられている気分になる。

ペニスが疼きだすのを感じながら、力強く頷いた。

「はい、もちろん。マンションに着いたら、真っ先に玲美さんのお相手をさせてもらいます」

「うふふっ、本当？　じゃあ、今日は縛ってくれる？」

「ええ、目隠しと口枷《くちかせ》もしてあげますよ」

「ああん、嬉しい」

玲美が抱きついてくる。公共の場でのディープキスはさすがに躊躇われたのか、幸一の頰にチュッと朱唇を触れさせる。

幸一も、玲美の腰を強く抱き締めた。

そして、彼女のラッシュガードの裾にさりげなく片手を潜り込ませ——弾力たっぷりの尻肉をギュギュッとひねり上げる。

「あうんっ」と、玲美が艶めかしい悲鳴を上げた。


（了）

※本作品はフィクションです。作品内に登場する
団体、人物、地域等は実在のものとは関係ありません。

つゆだくマンション

〈書き下ろし長編官能小説〉
2021年9月20日初版第一刷発行

著者………………………………………………九坂久太郎

デザイン…………………………………………小林厚二

発行人……………………………………………後藤明信
発行所……………………………………株式会社竹書房
〒102-0075　東京都千代田区三番町8–1
三番町東急ビル6F
email：info@takeshobo.co.jp
竹書房ホームページ　http://www.takeshobo.co.jp
印刷所……………………………中央精版印刷株式会社

■定価はカバーに表示してあります。
■落丁・乱丁があった場合は、furyo@takeshobo.co.jp までメールにて
お問い合わせください。